dtv

»Ich wußte nicht, woher diese Fremdheit kam, ich weiß es bis heute nicht. Wahrscheinlich ist sie nur ein Ausdruck der grundsätzlichen Unwillkommenheit des Menschen auf der Welt ...« Im Zentrum dieses Buches steht die Erinnerung an eine fatal gescheiterte Jugendliebe. Eine Lehrerin an der Schwelle des Alterns vergewissert sich dieser Geschichte inmitten einer brisanten Phase ihres Lebens. Ihre Liebesgeschichte gehört zu den wenigen noch fortlaufend erzählbaren Zusammenhängen, die in ihrem Gedächtnis haften geblieben sind. Im Kampf gegen das greifbare Verschwinden ihres Lebens zeigt sich das Spiel mit den Bildern in ihrem Inneren, das nur noch dem Wildwuchs des Träumens gehorcht.

Wilhelm Genazino, geboren 1943 in Mannheim, arbeitete zunächst als freier Journalist, später als Redakteur bei verschiedenen Zeitungen und Zeitschriften. Daneben machte er sich als Hörspielautor einen Namen. Als Romanautor wurde er 1977 mit seiner ›Abschaffel‹-Trilogie bekannt. Für sein umfangreiches Werk wurde er mit zahlreichen Preisen geehrt, zuletzt mit dem Georg-Büchner-Preis 2004, der renommiertesten Auszeichnung für deutschsprachige Literatur. Der Liebhaber spanischer Literatur, der lange Jahre in Heidelberg gewohnt hat, lebt seit 2004 in Frankfurt.

Wilhelm Genazino

Die Obdachlosigkeit der Fische

Deutscher Taschenbuch Verlag

Von Wilhelm Genazino
sind im Deutschen Taschenbuch Verlag erschienen:
Abschaffel (13028)
Ein Regenschirm für diesen Tag (13072)
Die Ausschweifung (13313)
Fremde Kämpfe (13314)

Ungekürzte Ausgabe
Oktober 2004
Deutscher Taschenbuch Verlag GmbH & Co. KG,
München
www.dtv.de
Lizenzausgabe mit Genehmigung des Carl Hanser Verlags
© 2004 Carl Hanser Verlag, München · Wien
Erstveröffentlichung: Reinbek bei Hamburg 1994
Umschlagkonzept: Balk & Brumshagen
Umschlaggestaltung: Stephanie Weischer unter Verwendung
eines Fotos von © Photonica/Tayeko
Gesetzt aus der Sabon 9,75/11,75·
Gesamtherstellung: Druckerei C. H. Beck, Nördlingen
Gedruckt auf säurefreiem, chlorfrei gebleichtem Papier
Printed in Germany · ISBN 3-423-13315-5

I

Es ist Spätnachmittag, heimkehrende Angestellte strömen in die Geschäfte. Der Gemüseladen ist ziemlich voll. Ein Kind steht an der Tür und spielt mit der Klinke. Nicht lange, dann ruft eine nervöse Frau, wahrscheinlich die Mutter, in Richtung Kind: Laß die Tür in Ruh! Das Kind reagiert nicht. Es öffnet die Tür und streckt die Hände hinaus. Darauf die Mutter: Hörst du nicht? Rein oder raus! Das Kind folgt wieder nicht. Recht hat es! Warum ist es nicht erlaubt, teilweise draußen und teilweise drinnen zu sein? Ist das nicht überhaupt der beste Gebrauch, den man von einer Tür machen kann? Schon möchte ich der Mutter einen Kurzvortrag über die Freiheit in Gemüseläden halten, da fällt mir ein Spruch aus der Schule ein: Richtige Lehrer weisen auch Erwachsene zurecht. Immer habe ich den Spruch belächelt, jetzt schickt er mein Denken auf die Suche nach einem nur für mich konstruierten Notausgang.

IN DER BANK ist das Computersystem ausgefallen. Der Kassierer bittet die Kunden um Geduld. Ein Mann und zwei Frauen verlassen die Schalterhalle, die anderen Leute setzen sich und warten. Eine Frau beginnt einen Brief zu lesen. Ein junger Mann holt aus seiner Mappe einen Kunstdruck hervor und betrachtet ihn. Mein Blick bleibt bei einer Hochschwangeren hängen, die eine Sitzbank für sich allein benötigt. Ihr dicker Bauch liegt wie ein Ballon auf ihr, die Beine sind breit ausgestellt, der Rock ist hochgeschoben. Ich schaue der Frau bis an den Rand der Unterhose. Mir gefällt die Prallheit, das Vollgestopfte, ich habe Lust, mit meinen lächerlich kleinen Händen die Innenseiten der riesigen Schenkel hochzufahren. Wenn das Kind *jetzt* geboren würde, hätte ich vielleicht die Dreistigkeit, das blutig glitschige Ding an mich zu nehmen und mit ihm schnellstens zu türmen. Niemand könnte mir folgen. Zu Hause würde ich das Kind waschen und es mir an die Brust legen. Dann wüßte ich nicht weiter. Meine umherflackernde Raublust ist von der Schwangeren offenbar bemerkt worden. Sie schaut mich ein bißchen höhnisch an, sie schließt die Beine und schiebt den Rock nach vorne. Jetzt legt sie auch noch die Arme schützend auf den Bauch. Aber da ist sowieso jede Gefahr vorüber, der Computer funktioniert wieder. Alle Wartenden haben, wie sich jetzt zeigt, die Schwangere bemerkt und berücksichtigen ihre besondere Lage. Man läßt ihr den Vortritt. Als erste wird sie bedient.

Ich weiss nicht, warum mir Menschen, die am Frühabend in Bussen sitzen und nach Hause fahren, so ärmlich und bemitleidenswert vorkommen. Von ihren tief eingesunkenen Körpern sind nur die kleinen wackligen Köpfe sichtbar, für die ich immerzu fürchte, daß sie bei der nächsten Erschütterung abfallen könnten. Jetzt fahren sie wieder nach Hause, die armen kleinen Tiere, zu den Schlachtbänken der Einbildung, der Vergeblichkeit und der Hoffnung. Wenig später fällt mir auf, wie schwach der Bus erleuchtet ist. Es sind nur drei oder vier matte Kugellampen an der Decke, die für den ganzen Bus reichen müssen. Allerdings wundert mich die schlechte Beleuchtung nicht. Mehr als ein paar halbdunkle Notlichter sind auch nicht nötig! Sie brauchen keine besondere Helligkeit, die friedlichen Tiere, im Gegenteil, wahrscheinlich sind sie ein bißchen froh, wenn sie sich selber nicht mehr richtig sehen.

SEIT DEM FRÜHJAHR trage ich ein Kinderfoto mit mir herum. Von Zeit zu Zeit hole ich es hervor und betrachte es. Der kurze Rock ist der kurze Rock, den ich vor mindestens vierzig Jahren getragen habe, das blonde Haar ist das blonde Haar von früher, und die dünnen Arme sind die dünnen Arme, die ich damals hatte. Aber es kommt nichts mehr dabei heraus, wenn ich das Bild betrachte. Bis vor ein paar Wochen kehrte ich immer auch in die Person des Mädchens zurück, sobald ich das Bild angeschaut habe. Das ist jetzt vorbei, offenbar endgültig. Ich bin das Kind auf dem Foto, aber das Kind ist nichts weiter als eine Abbildung. Deswegen ist der kurze Rock nicht mehr mein kurzer Rock, das blonde Haar ist nicht mehr mein blondes Haar, und die dünnen Arme sind nicht mehr meine dünnen Arme.

Links von mir zieht vierspurig der Autoverkehr vorbei. Ich bin der einzige Mensch, der die Brücke zu Fuß überquert. Etwa in der Mitte bleibe ich stehen und schaue auf das schwärzliche Wasser hinunter. Am rechten Ufer ankern zwei Ausflugsdampfer, am linken schaukeln ein paar Enten. Da schiebt sich ein mit Kohlen beladener Lastkahn unter der Brücke hervor. Trotz seiner tief ins Wasser eingelassenen Schwere wirkt das Schiff leicht und beweglich. Augenblicklich ergreift mich das Gefühl, in die Bewegung des Verschwindens hineingezogen zu werden. Es ist das Fontänenartige des inneren Lebens, das plötzlich Aufschießende nach irgendwohin! Auf dem Deck steht ein Mann und kehrt die Stege zwischen den Ladeluken. Er schaut zu mir hoch, und in diesem Augenblick ist es um mich geschehen. Jetzt bin ich selbst ein Schiff und sehe mich, ganz klein, am Horizont verschwinden.

WENIG SPÄTER STEIGE ich in einen Bus und fahre über den Nordring nach Hause. Es dämmert, alle Sitzplätze sind besetzt. Ich suche mir einen Stehplatz in Fensternähe. Aber die Scheiben sind beschlagen und staubig. Nur verwischte Lichtflecke ziehen vorüber. Neben mir steht ein höchstens sechzehnjähriges Mädchen, und momentweise habe ich Lust, es kameradschaftlich zu fragen: Du müdes Kalb bist auch froh, daß du in den Stall gefahren wirst. Plötzlich erinnere ich mich. Mit elf oder zwölf hörte ich es gern, wenn eine Ladung Eierkohlen von der Ladepritsche eines Lkw in ein offenes Kellerloch hineinrutschte. Und ich sah es gern, wenn schwere Brauereipferde anfingen zu pissen und die Kinder der Straße herbeiliefen und dabei zuschauten, wie sich der dampfende Urin zwischen Gehweg und Straße verteilte. Der Bus schwankt stark, ich muß mich festhalten. Schon ist die Erinnerung weg. Ich strenge mich an, die Spur wiederaufzunehmen, ohne Erfolg. Und schon überlege ich, in welches Gatter ich gehöre: in das der Vergeblichkeit, in das der Einbildung oder doch in das der Hoffnung? Inmitten einer kleinen Tierschar schaukle ich dahin.

DER MANN, mit dem ich schon lange zusammen bin, heißt Helmuth und ist Rechtsanwalt bei einer Versicherungsgesellschaft. Helmuth ist ruhig, sachlich, vernünftig. Unser Anfang vor zwölf Jahren war schwierig. Helmuth hatte bis dahin nur Frauen gekannt, die auf Ehe und Familie hinlebten. Ich war für ihn die erste, die zwar bei ihm bleiben, aber nicht heiraten wollte. Bis heute leben wir in zwei getrennten Wohnungen, und daran wird sich, denke ich, nichts ändern. Es hat lange gedauert, Helmuth davon zu überzeugen, daß mein Vorbehalt nicht ihm galt und nicht gilt. Ich fürchte die Dämonie des Alltags, und ein Paar, das eine Wohnung teilt und lange teilt, hat gegen diese Dämonie keine Chance. Helmuth wußte nichts von diesen versteckten Behinderungen und brachte sie doch, jedenfalls am Anfang, schon hervor. Zum Beispiel wollte er gern mit mir einkaufen gehen, und es hat mich Wochen verdrießlichen Erklärens gekostet, ihm ein Gefühl dafür zu vermitteln, wie töricht und lähmend Kurzdialoge eines Paares über Zahnpasta oder tiefgefrorene Hühner sind. Meine stets die Einschnürung befürchtende Seele hätte nicht einen einzigen Einkauf dieser Art überlebt. Bis auf eine einzige Ausnahme habe ich bis jetzt keinen Mann kennengelernt, den ich nicht nach einiger Zeit wieder gern verlassen hätte. Helmuth könnte die zweite Ausnahme werden. Ich verkenne nicht, daß es unsere Geschichte nur deswegen noch gibt, weil sich Helmuth mir anpaßt. Sein Geschick wundert mich und flößt mir Respekt ein. Ich bemerke, daß ihn viele Probleme, mit denen er nur in Berührung kommt, weil er mich kennt, nicht zur Ruhe kommen lassen. Erst kürzlich hat er mich gefragt, wie ein Alltag aussehen müsse, der nicht erbärmlich sei. Ich wunderte mich, weil ich diese Debatte für längst ausgestanden hielt. Ich hatte keine Lust, noch einmal von vorne anzufangen, und antwortete knapp: Es gibt keinen Alltag, der nicht erbärmlich ist. Wenig später wunderte ich mich selbst über meine Schroffheit. Meine Antwort stand zwischen uns und sorgte für ein Schweigen, das ich im stillen bedauerte.

ZWEIEINHALB FREIE WOCHEN bleiben mir noch. Dann werden die großen Ferien vorbei sein, die Schule wird wieder anfangen, und der Herbst wieder da sein, die schwierigste Zeit für Schüler und Lehrer. Die Kinder werden nicht aus den Wohnungen dürfen, weil es draußen zu kalt sein oder es fast dauernd regnen wird. Die Folge ist, daß die Kinder unausgelebt in die Schule kommen. Dauernd jagen sie einander, sie liegen unter den Bänken oder obendrauf und prügeln sich. Die Schulzeit ist zu lang für sie. September, Oktober, November, Dezember – das ist zuviel Schule hintereinander. Sie müßten öfter Ferien haben. Nicht mehr so lange Ferien, aber öfter. Aber so, wie es ist, ähneln Herbst und Winter einem zu langen Akkord: zu großer Streß, viele Ausfälle. Oder die Kinder müßten vormittags und nachmittags Unterricht haben, aber nur kurz. Statt dessen sitzen sie morgens ein paar Stunden lang da, und zu vieles geht kaputt: der Spaß, die Neugierde, die Freude am Erfolg. Das Hauptfach, in dem sie unterrichtet werden, steht nicht im Stundenplan, die Anwesenheit. Sie müssen lernen, daß sie ihr Leben lang morgens irgendwohin müssen, wohin sie nicht wollen.

GLEICH DREI ALBERNE FRAUEN arbeiten zur Zeit in der Großbäckerei an der Paulskirche. Sie flirten und kichern fast ununterbrochen, besonders mit Omas und Säuglingen und natürlich mit Männern, und zwar rücksichtslos mit jedem, der vor ihrer Theke erscheint. Ein gutaussehender Vertreter öffnet seinen Koffer, holt drei kleine Teddybären heraus und hält sie gut sichtbar in die Höhe. Tatsächlich muß er nicht lange werben; im Handumdrehen ist er zwei der Stofftiere an die beiden jüngeren Verkäuferinnen losgeworden. Die dritte, ältere Verkäuferin ist an Teddybären nicht mehr interessiert. Sie bedient einen Mann, der ein Pfund milden Kaffees für den Handfilter verlangt. Sie führt die Bestellung aus, und als sie dem Kunden die Kaffeetüte und das Wechselgeld überreicht, flüstert sie leise zu ihm: Einmal mild mit der Hand für den Herrn. Der Mann erkennt die kleine, vielleicht nur für ihn erfundene Obszönität sofort und verläßt beglückt den Laden. Die beiden jungen Verkäuferinnen drücken sich die Teddybären gegen die Brust.

AUF DER BERLINER STRASSE kommt mir der einzige Mann entgegen, der mich je auf Händen getragen hat. Es war vor zwanzig oder einundzwanzig Jahren, und der Mann heißt entweder Arnulf, Arnold oder Albrecht. Wir waren eine Gruppe von sechs oder sieben Referendaren, einige waren schon Lehrer, und an manchen Abenden zogen wir gemeinsam los. Wir besuchten kleine Spielsalons und Bars, einmal auch ein Nachtlokal. Zum ersten und einzigen Mal sah ich eine Stripperin, die sich tatsächlich auszog. An der Fassungslosigkeit, die mich damals überfiel, erkenne ich heute, wie jung und ahnungslos ich gewesen sein muß. Wir zogen weiter in die nächste Bierbar, wir waren junge Leute mit vorübergehend aufregendem Leben, und dann ist es passiert. Er hieß Albert, ich erinnere mich. Wir verließen »Karls Theke«, um in das »Lolita« zu kommen, die beiden Lokale waren nicht weit voneinander entfernt, da packte mich Albert von hinten mit beiden Armen und trug mich auf dem ein wenig nassen Pflaster zum »Lolita« hinunter. Es war stockdunkel, ich schrie kurz auf, ich war beglückt, ich hing am Hals von Albert, der mir bis dahin nicht besonders nahe gekommen war, aber jetzt küßte ich ihn, so begeistert war ich. Jetzt sehe ich ihn wieder, er erkennt mich, ich erkenne ihn, wir gehen aufeinander zu und geben uns die Hand, er ist immer noch nett. Er fragt, wo ich unterrichte, er ist verheiratet, schon lange, er hat zwei Kinder, aber er ist nicht mehr gerne Lehrer. Ich warte, daß er sich erinnert. Ich helfe ein wenig nach, ich nenne die Namen der beiden Lokale, die es heute nicht mehr gibt, ich nenne den Namen der Straße, in der ich ein einziges Mal auf Händen getragen worden bin, nicht weit und nicht lange, aber immerhin. Es nützt alles nichts. Albert ist verlegen, er sagt ein paarmal: Ach du liebe Zeit und Meine Güte oder nur Jaja. Es ist, als sei ihm seine Jugend peinlich und als habe er deswegen alles oder doch fast alles aus dieser Zeit vergessen müssen. Ich nenne noch einmal die Namen der beiden Lokale, ohne Erfolg. Jetzt spreche auch ich floskelhafte Bemerkungen aus, dann fühlen wir beide, daß wir uns am besten verabschieden. Wir geben uns die Hand, schon ist Albert weg. Die nächste Station wird sein: Eines Tages werde ich Albert wiederbegegnen und nicht mehr wissen, daß er mich auf Händen getragen hat. Und die übernächste: Ein Mann wird an mir vorübergehen, von dem ich nicht mehr weiß, daß er Albert ist.

NOCH IM VORIGEN JAHR gelang es mir, mich in Fische zu verlieben. Ich ging in die Markthalle zu den Händlern, die lebende Schleie, Karpfen, Brassen, Welse und Zander verkauften. Immer standen ein paar einzelne Leute vor den großen Wannen und schauten herunter auf die mattgrauen Fischleiber, die in den viel zu engen Behältern dennoch elegant auf und ab schwammen. Alles an den Fischen machte mir Vergnügen, besonders die Augen, von denen ich nie wußte, was sie sehen. Sogar ihre wulstigen Lippen, die ich bei Menschen nicht ausstehen kann, gefielen mir! Und es störte mich nicht, wenn manchmal genau der Fisch, der schon fast mein geheimer Liebhaber war, von einem Händler aus dem Becken geholt und verkauft wurde. Es waren genug andere Liebhaber da, und ich begann sofort, mir einen neuen auszusuchen. Noch immer bin ich gelähmt und erschreckt und erfreut vom Anblick der silbrigen Leiber. Es dauert nicht lange, dann greift einer der Händler nach dem obenauf schwimmenden Holzknüppel. Es genügt je ein kurzer knapper Schlag auf den Kopf der Fische, und schon rutschen die mit unbegreiflicher Schnelligkeit leblos gewordenen Tiere auf einen Holzbock. Sie schimmern, und sie sind tot, aber es ist ihnen immer noch anzusehen, daß sie weit herumgekommen sind in fernen Tiefen. Kein Fisch, glaube ich, rechnet damit, daß man ihm nach dem Leben trachtet, kein Fisch, glaube ich, kann wissen, daß er eines Tages auf einem Holzbock liegen wird. Noch in der Totenstarre zeigen sie ihre Verwunderung darüber, was mit ihnen geschehen ist. Ich sehe auf die Fische und bin vollkommen eingenommen von der Art, wie sie ihren Tod ausdrücken und doch fortzuleben scheinen. Ihr Maul ist so herzzerreißend offen, daß ich schreien möchte. Niemand kommt und drückt ihnen das immer noch geöffnete Auge zu, niemand kommt und sorgt sich darum, daß sie nicht nur tot sind, sondern auch wie tot aussehen. Da endlich nimmt der Händler ein Messer und ritzt ihnen den Leib auf. Die Eingeweide kullern heraus und werden weggeworfen.

Mühsam begreife ich, daß die Schläge auf ihren Kopf auch Schläge für mein törichtes Verlangen waren. Mundtot wende ich mich ab.

Die Erinnerung glüht aus, ich bin machtlos. Niemand will mir sagen, wie ich der Verwitterung länger gewachsen sein soll. Es ist, als verwandle sich immer mehr von dem, was ich als Kind erlebt habe, in eine innere Asche, die ich heute sogar schmecken kann. Am besten wäre, ich könnte mich mitverwandeln, in ein altes Tier zum Beispiel, das nur noch herumsteht und nichts mehr empfindet, in einen Widder vielleicht, der mit kleinen Augen in die Steppe schaut, seit Jahren. Wird aus meinen Haaren nicht schon ein Pelz? Alles geht schnell. Noch während ich mich wundere, wachsen mir Zotteln über die Augen. Blicke ich nicht schon seit kleinen Ewigkeiten wie ein Widder über die Steppen der Stadt? Ich stehe an einer lauten Straßenkreuzung und muß denken: Diese Wüste! Diese Weite! Diese Leere! Meine Zotteln streifen inzwischen fast schon den Boden. Niemand kann sehen, wo mein Hals ist und an welcher Stelle der Kopf in den Körper übergeht. So verhangen warte ich an der Kreuzung und schaue dabei zu, wie sich die Autos durch das harte Steppengras kämpfen. Später, in der U-Bahn, bemerke ich, daß mir die Leute aus dem Weg gehen. Ich brauche sie nur mit meinen entzündeten Widderaugen anzusehen, schon treten sie einen halben Meter zurück. In der Nähe der Plattform, wo ich einen Stehplatz finde, sitzt ein Mann. Er hält einen bedruckten Papierstreifen in der Hand. Es ist ein Kontoauszug. Ich kann meine Neugier nicht zügeln, nicht einmal als Widder, ich muß den Kontoauszug entziffern, Wort für Wort und Zahl für Zahl, und ich kann erst wegsehen, als ich weiß, der Mann ist an irgendeinem Ende angekommen, weil ihm die Bank kein Geld mehr gibt. Er blickt wie ich auf die wechselnden Wüsten draußen, übrigens mit großer Ruhe und ohne Widerstand. Nach zwei Haltestellen bin ich sicher, auch er verwandelt sich in einen Widder. Jetzt sind wir schon zwei! Seine tief zusammengesunkenen Schultern, sein vernarbter Kopf und die Geschlagenheit des Körpers sind wie geschaffen für eine solche Verwandlung. Eben wächst ihm ein Pelz über die Ohren. Ich freue mich still und rücke ihm ein bißchen näher. Ein wenig warte ich noch, dann werde ich ihm sagen, wo es eine Wasserstelle gibt.

Entlang des Flussufers sind für ein paar Tage Autoskooter, Losbuden und Karussells aufgebaut. Am Spätnachmittag gehe ich hier umher und fühle mich seltsam beruhigt. Mit elf oder zwölf war ich oft auf Rummelplätzen; wann immer ich damals glaubte, für andere Menschen unpassend zu sein, machte ich mich auf den Weg zu den flirrenden Lichtern. Ein Rest des Gefühls, an einem erträglichen Ort zu sein, hat sich bis heute erhalten. Wenn ich eine Weile allein bin und nicht sprechen muß, kann ich wenigstens aufrichtig sein. Deswegen darf ich mir hier eingestehen, daß ich mich vielleicht nicht mehr für andere Menschen interessiere, Helmuth eingeschlossen. Wenn die Feigheit nicht wäre, könnte ich es zugeben. Es genügen ein paar Blicke hinauf zu den durch die Lüfte sausenden Gondeln, und die Feigheit verwandelt sich in ein bloß noch lächerliches Problem, an dem alle teilhaben und über das zu sprechen deshalb nicht lohnt. Helmuth hält derlei Gespräche ohnehin für überflüssig. Er ist Pragmatiker und schätzt die Wahrscheinlichkeit. Gern sagt er: Wir kennen uns seit zwölf Jahren, wir sind zweiundfünfzig beziehungsweise vierundvierzig Jahre alt, und es ist unwahrscheinlich, daß wir miteinander noch Überraschungen erleben, die auf individuelle Ursachen zurückgehen. Das heißt: Wir sind ein ungefährdetes Paar. Was uns bevorsteht, ist das Allgemeine: Altern, Krankheit, Tod. So spricht Helmuth. Ich würde ihm gern glauben, wenn es beispielsweise den lebensverkürzenden Blick nicht gäbe, der mich gerade trifft. Er kommt von einer etwa Zwölfjährigen. Prüfend mustert sie, was von mir noch brauchbar ist und wie lange. Die Beine? Auf keinen Fall. Mein Kopf, die Frisur? Nein. Das Gesicht? Nein. Die Figur? Schon lange nicht mehr. Als sie ihren Ungültigkeitsbescheid zu Ende geblickt hat, lacht mich die Zwölfjährige an. Oder lacht sie mich aus? Meine kleine Gutachterin bemerkt, daß die Prüfung in mir ein Gefühl der Auflösung hervorruft. Aber sie hört deswegen nicht auf. Frech wie ein Mann schaut sie mir auf die Brust.

Ralf, einer meiner Schüler, kommt mir entgegen. In der Schule leistet er starken Widerstand: Er will Orthographie nicht lernen. Ich verstehe seine Weigerung, ich bin, im stillen, sogar auf seiner Seite, aber ich bin seine Lehrerin. *Ich habe zum Lesenlernen und Schreibenlernen noch drei Jahre brauchen dürfen.* Deutlich und langsam wanderten Buchstabe für Buchstabe und Wort für Wort ins Gehirn. Die heutigen Kinder haben für dieses Programm höchstens ein Jahr. Sie haben keine Zeit, sich an die Unterschiede der Wörter zu gewöhnen und ihre Eigenheiten zu verstehen. In der Klasse fragt mich Ralf, warum er das Wort »fahren« mit h schreiben solle, das Wort »Haare« hingegen mit zwei a? Warum schreibt man »Haare« nicht »Hahre« und »fahren« nicht »faaren«? Vermutlich reicht der Konflikt noch tiefer. Heutige Kinder müssen alles, was sie sehen und hören, sofort vergessen, damit immer Platz für die neuesten Eindrücke da ist. Dann kommen sie in die Schule und sollen sich plötzlich etwas merken, Buchstabenformen, Wortbilder. In der großen Pause rennt Ralf direkt auf mich zu und biegt erst kurz vor dem Zusammenprall ab. Dabei stößt er einen Schrei aus, einen kurzen hohen Ton. Ich verstehe: Das ist seine Rache. Jetzt geht er ruhig an mir vorbei und grüßt mich sogar. Es sind noch Ferien.

ICH SITZE IN EINEM STRASSENCAFÉ und lese Zeitung. Meine Armbanduhr liegt neben meiner Kaffeetasse. Vom Nebentisch kommt ein Kind herüber und greift nach der Uhr. Nach kurzer Zeit zieht sich das Kind die Uhr über das Armgelenk und läuft mit ihr weg. Ich bin gerade in einer Stimmung, in der ich auf meine Uhr verzichten könnte. Schon erhebt sich eine junge Frau, wahrscheinlich die Mutter, und verfolgt das Kind. Sie bringt es an meinen Tisch und gibt mir die Uhr zurück. In die Nörgelei des Kindes hinein sagt die Mutter: »Bei aller Liebe, jetzt ist schluß.« Das Kind greint, die Mutter wiederholt die Wortfolgen »Nix, aus, schluß« oder »Nix, schluß, aus« oder nur »Aus, schluß, aus«. Das Kind jammert weiter unter den Worten der Mutter und wird dabei weggeführt. Nach kurzer Zeit sieht es wieder zu mir herüber, meine Uhr liegt so da wie zuvor. Das Kind tut, als hätte es nie Gefallen gefunden an ihr, und ich habe nicht den Mut, den Satz zu sagen, der mir jetzt durch den Kopf zieht: Nimm sie nur, die Uhr, die Bluhr, die Schluhr, die Gluhr, die Luhr.

IM TRAUM BIN ICH VERREIST. Ich war zu Fuß auf einer Landstraße unterwegs, worüber ich nicht verwundert war. In der linken Hand trug ich einen nicht besonders schweren Koffer. Eine Weile schien die Sonne, dann begann es zu regnen. Ich sah mich um, aber ich fand weit und breit keine Hütte. Ich war schon naß, als ich entdeckte, daß mein Koffer aus Pappe war. Der Regen weichte ihn mehr und mehr auf. Erst durch den wiederholten Anblick des sich auflösenden Koffers fiel mir auf, daß ich nicht wußte, wohin ich verreiste. Trotzdem lief ich weiter. Da löste sich vom Koffer der Griff. Es genügte der leichte Aufprall auf die Straße, und der Koffer fiel auseinander. Meine Sachen lagen am Boden, rasch durchnäßt. Das Regenwasser, das an mir herunterlief, war der Schweiß auf meinem Gesicht, mit dem ich wenig später aufwachte. Ich ging eine Weile in der Wohnung umher und rauchte. Einmal sah ich in den Spiegel und hatte den Eindruck, ich sehe wieder so aus wie mit elf oder zwölf. Damals glaubte ich, die anderen verhöhnten heimlich mein Gesicht. Jetzt, in der Nacht, fand ich mein Gesicht zu hoch, zu schief, zu alt, zu blaß. Ich suchte meinen Koffer und wollte verreisen, sofort, egal wohin.

ICH HOLE DAS KINDERFOTO HERAUS, obwohl ich weiß, daß ich seinen Anblick zur Zeit kaum aushalte. Ich schaue nur kurz darauf, und schon spüre ich, wie sich mit entsetzlicher Kraft die Zeit von mir abstößt. Ich fürchte den Augenblick, in dem ich bezweifeln werde, das abgebildete Kind einmal gewesen zu sein. Schon dieser Einfall genügt, und es wird eine Verschollene aus mir. Ich fürchte die Unordentlichkeit dieser Übergänge und verlange gleichzeitig nach ihnen. Habe ich nicht immer auf die Erlaubnis gewartet, in der Vollkommenheit einer persönlichen Unordnung leben zu dürfen?

ZUERST DACHTE ICH, es sei der Vorgang des Essens selbst, der mich schamhaft stimmte. Die Leute am Tisch aßen schnell und waren vor mir fertig. Ich blieb allein zurück mit all dem leer gegessenen Geschirr. Vermutlich deswegen entstand der Eindruck, es sei die rasche Umwandlung der wohlgefüllten Teller in eine Anhäufung häßlicher Reste, die die Scham stimuliert hatte. Später, auf dem Heimweg, als ich an den Häusern und Türen vorbeiging, hatte ich plötzlich den Wunsch, da und dort zu klingeln und auf der Straße zu warten, bis jemand aus der Tür stürzt, genau wie damals. Jeden Tag trafen wir uns vor irgendeiner Tür. Dieter war der Schnellste. Kurz nach dem Mittagessen rannte er von zu Hause weg und klingelte bei den anderen. Das Läuten in der Wohnung war ein Fanal, gegen das nichts auszurichten war. Ich ließ alles liegen und stehen und rannte die Treppen hinunter. Später habe ich erfahren, daß unsere Mütter sich öfter trafen und berieten, wie sie uns bändigen könnten. Aber die Herrschaft der Kinder war zu dieser Zeit nicht zu brechen. Mit Dieter rannte ich zu den Wohnungen von Ilse, Martin, Harald, Karin und Inge. Wenig später waren wir wieder zusammen und verschwanden in den Grasfeldern. Ich blieb vor einer mir unbekannten Tür stehen und überlegte, ob ich auf eine beliebige Klingel drücken sollte. Aber ich traute mich nicht. Ich wollte nur die einmalige Wiederkehr des Gefühls der Freiheit, das damals entstand, wenn die Kuppe des Zeigefingers auf der Rundung des Klingelknopfs lag. Ich hatte riesige Sehnsucht danach, Wirklichkeit niemals kennengelernt zu haben. Mein schmerzlich groteskes Verlangen hielt mich mindestens eine Minute lang fest. Und plötzlich fiel mir ein, warum ich mich mittags geschämt hatte. Schon während des Essens hatte ich die Unmöglichkeit des Wunsches gespürt. Ich wartete und hatte Lust, die erstbesten Leute mit verlorener Heftigkeit zu fragen: Wo finde ich das Einmalige und das Außerordentliche? Sagt es mir! Und zwar sofort, bevor Erlebnisse auf mich eindringen und mir den Mut zum Fragen nehmen. Ich klingelte nicht, es trat niemand aus der Tür. Da entdeckte ich auf der Straße ein wenig ausgeschüttete Milch. Ich betrachtete den weißlichen, wäßrigen Fleck, der sich an den Rändern blau färbte. Darüber verging das schmerzende Ziehen hinter meinen Augen.

Ich möchte ein paar Stunden lang auf einem heißen Stein liegen und auf das Meer schauen. Es gibt eine Farbe, die mich ruft, auf die warte ich. Ich weiß nur, das Meer und ich, wir passen zusammen wie nichts sonst. Frühmorgens ist das Wasser nur dunkel, eintönig und angsteinflößend. Erst zwischen neun und zehn Uhr verwandelt sich das tiefe Grau in ein dunkles Blau, das langsam aufhellt. Die große Lockung beginnt. Ich bin eine ahnungslose Landeidechse, die nie etwas von der Gefährlichkeit der Meere gehört hat. Ab zehn Uhr werden die Blautöne durchsichtiger. Am Horizont ziehen die ersten türkisfarbenen Streifen in das Blau ein. Dann zeigen sich smaragdgrüne Linien, die meiner Haut ähneln. Das ist meine Farbe. Geschwind schlängele ich mich auf den Kieseln hinab zum Ufer. Unten ergreift mich eine Freude, mit deren Heftigkeit eine sonst stets gefaßte Landeidechse nicht rechnen konnte. Im Wasser finden meine Haftzehen keinen Halt, aber das merke ich schon nicht mehr. Selbst das über mir zusammenschlagende Wasser halte ich noch für ein Spiel.

Einmal gab es eine Zeit, in der Helmuth und ich die öffentliche Erbärmlichkeit aushalten wollten. Wir setzten uns an Wochenenden vor das Fernsehgerät und schauten an, was geboten wurde. Wir glaubten, wir könnten uns unterhalten lassen und gleichzeitig unserer Distanz zu dieser Unterhaltung inne werden. In diesem Abstand sollte unser privates, von den Programmen nicht vorgesehenes Vergnügen liegen. Ein paar Wochen lang amüsierten wir uns über die Faxen von Schauspielern, Sängern, Politikern, Showmastern und verhöhnten sie zugleich. Aber dann bemerkten wir, daß wir nach solchen Abenden fast immer schlecht gelaunt waren. Es war nicht möglich, unsere Herablassung einerseits als Herablassung zu nutzen und uns andererseits über sie zu erheben. Genau diese Doppelstrategie vergröberte unser Empfinden. Während wir uns lustig machten über die herrschende Dürftigkeit, floß deren Grauen ungehindert in uns ein. Kleinlaut anerkannten wir deren von uns weit unterschätzte Macht und verzichteten.

Eine fürchterliche Lehrerkonferenz erwartet mich im Oktober. Ich würde am liebsten zu Hause bleiben, aber ich habe mich schon einmal gedrückt. In meiner Klasse ist ein verhaltensgestörtes Kind; es mag nichts und tut nichts und sagt nichts und hängt sich an die Lehrer dran. Es hat zu meinen Aufgaben gehört, das Kind in seinen ersten beiden Jahren durch die Schulerfahrung hindurchzutreiben und es dabei an den Rand zu bringen, nämlich in die Sonderschule. Im Oktober wird es soweit sein. Ich werde unterschreiben müssen, dann ist die Sache perfckt. Ich habe mich nicht richtig um dieses Einzelkind kümmern können, weil ich den anderen zweiunddreißig Kindern das Schreiben und Rechnen habe beibringen müssen. Einmal, ziemlich am Anfang, hat das verhaltensgestörte Kind zu mir gesagt: Ich weiß jetzt, daß zwei und zwei vier sind, ich will zu meiner Mama. Und als ich antwortete: Das geht nicht, du mußt warten, bis es läutet, habe ich genau bemerkt, wie das Kind von dieser Antwort vergewaltigt wurde. Im Oktober wird die Vergewaltigung fortgesetzt.

IN EINEM GARTEN steht eine Frau und hängt Bettlaken auf. Der Wind stößt in die nassen Wäschestücke hinein und bringt ein schönes Knattern hervor. Das Geräusch wird heller und knalliger, je mehr die Nässe verschwindet. An den Rändern flattern die Tücher stetig und gleichartig wie kleine Wellen, die an ein Ufer schlagen. Manchmal bauscht ein einzelner kräftiger Windstoß die Laken hintereinander auf. Eine halbe Stunde vergeht, dann ist die Wäsche trocken und weiß. Eine Katze erscheint und setzt sich ins Gras. Eine andere Frau tritt hinzu und nimmt die Laken von den Leinen herunter. Ich sehe ihr zu und habe dabei das Gefühl, als würde die Wäsche in meinem Inneren zusammengefaltet und sorgfältig aufeinandergestapelt. Erst durch dieses Bild ruhiger Aufgeräumtheit merke ich, daß mich nicht die Wäsche interessiert, sondern das Gras. Das Gras! In strohigem, trockenem und gelbgebranntem Gras habe ich meine Kindheit verbracht. Jeden Tag streifte ich abwechselnd mit Dieter, Ilse, Martin, Harald, Karin oder Inge durch eine Art Vorstadtsteppe, die sich zwischen kleineren, vom Krieg verschonten Häusergruppen ausdehnte. Bis zum Flußufer hin erstreckte sich, von wenigen Straßen und Wegen zerteilt, ein Brachland aus verlassenen Kleingärten und unbestellten Feldern. Dort lebten nur Kinder, Kleintiere und ein paar Alte, die nach heruntergefallenem Obst suchten. Am Flußufer weideten Schafe, zusammengehalten von zwei schwarzen Hunden, die uns in Ruhe ließen. Die meisten Häuser in der Umgebung waren eingestürzt, verbrannt oder zerbombt. Zwischen den Ruinen gab es nichts zu sehen und nichts zu hören, außer, im Hochsommer, das Rascheln der Halme. Meine Ahnungslosigkeit ähnelte der des Grases. Durch die Kinderjahre hindurch entstand das Verlangen, genauso unbehelligt leben zu dürfen wie ein Grasbüschel. Im August huschten an den sandigen Böschungen kleine Eidechsen entlang. Wenn sie bemerkten, daß es außer ihnen noch andere Lebewesen gab, verharrten sie reglos und schauten aus ihren phantastisch verdrehbaren Augen in alle Richtungen. Ich bildete mir ein, sie wüßten, daß ich nicht ihre Feindin war. Das war ich auch nicht, aber manchmal kniete ich an den Böschungen nieder und grub mit der Hand einen Stollen in den Sand. Ich fand rasch, wonach ich suchte, zwei oder drei Eidechseneier. Es waren winzige, weißgraue Kügelchen, die ich auf der Hand rollen ließ, die sanfteste Berührung, die mir in der Kindheit bekannt wurde.

Ich sehe die Zwölfjährige wieder, die mich vor ein paar Tagen fixiert und ausgelacht hat. Sie lacht erneut, ich rutsche wieder in das Gefühl bevorstehender Auflösung hinein. Soll ich sie fragen: Brauchst du vielleicht einen Kopf? Schau meinen an! Ist er nicht hübsch? Aber Vorsicht! Mein Kopf taugt nicht viel! Oder willst du meine Beine? Ich brauche sie wahrscheinlich bald nicht mehr. Aber denke nicht, meine Beine werden dich zufriedener machen! Du wirst ein bißchen mehr Aufmerksamkeit erregen, wenn dir daran gelegen ist, sonst wird nichts geschehen. In dem Augenblick, wenn du die Beine über einem Mann zusammenschlägst, wirst du merken, daß meine Beine dich auch nicht retten. Überhaupt: Es sind alles nur Mißverständnisse! Aber ich will gutwillig sein und mithelfen bei meiner Auflösung, willst du also meine Beine oder sonst etwas?

Jetzt, zwischen fünf und sechs Uhr, beginnt wieder diese merkwürdige Frühabendstunde. Ich sehe die Alkoholiker, die Arbeitslosen, die Durchgedrehten, die Obdachlosen und die Flüchtlinge; zwischen fünf und sechs Uhr fallen sie besonders auf, weil die anderen gerade fehlen, die Versorgten und die Normalen, die jetzt Feierabend haben und in ihren Autos sitzen und nach Hause fahren oder zum Arzt gehen. Deswegen sieht man die Untergegangenen so überdeutlich an den Ecken herumhängen und herumliegen mit ihren Hunden und Flaschen und Ampullen und Wolldecken. Dann empfinde ich, was ich nicht beweisen kann: Wir tun nur noch so, als wehrten wir uns, in Wahrheit haben wir hingenommen, daß sie und wir am Ende sind. Es dauert nicht lang! Höchstens eine Stunde, dann wechselt das Bild. Dann sind die anderen wieder da, die Gesitteten und die Ordentlichen, auf dem Weg in die Kinos und in die Lokale. Aber dazwischen, die leere und schmutzige Stunde dazwischen, die eben beginnt! Es ist, als hätte sich die Stadt längst in ein Meer verwandelt. Überall diese schon halb verschwundenen Gestalten! An den Riffen der Fußgängerunterführung liegen die ersten, die es heute erwischt hat, sie grölen herum, wie es Ertrinkende tun. Ruhig trägt mich mein kleines Boot vorüber.

Es ist kurz nach 22 Uhr. Seit etwa einer halben Stunde sitze ich in meinem Zimmer. Ich weiß nicht, welche Gedanken mir angemessen sind und ob es angemessene Gedanken überhaupt jemals gegeben hat. In mir ist ein angenehm weiches Gefühl, daß meine Furcht, nicht zu genügen, vielleicht umsonst war. An einem solchen Abend merke ich, wie dankbar ich dafür zu sein habe, daß ich allein lebe. Ich stelle mir momentweise vor, Helmuth sitzt bei mir und fragt, warum ich so still sei, was mir fehle und ob er etwas für mich tun könne, und ich kann nichts antworten außer, daß ich den aufrichtigen Schmerz der Antwortlosigkeit aushielte. Ich stelle mir außerdem vor, Helmuth geht daraufhin ratlos und ein wenig verdrossen aus dem Zimmer. Kurz darauf empfinde ich Schuld, weil ich ihm den Eindruck der Unerlöstheit vermittelt habe. An diesem Punkt endet meine Vorstellung. Und obgleich niemand meine Zurückgezogenheit bedroht, muß ich doch aufstehen, zum Fenster gehen und einmal kurz den Gedanken der Flucht durchspielen.

HEUTE HABE ICH in der Straßenbahn eine Plastiktüte mit zwei Kilo Orangen liegenlassen. Ich ging auf die andere Seite der Haltestelle und wartete auf die Rückkehr der Bahn. Ich wollte die Orangen wiederhaben, nein, ich wollte sie nicht wiederhaben. Es müßte schön sein, verschwundene Orangen wiederzusehen. Aber wahrscheinlich war es nur töricht, wegen einiger Orangen noch einmal in die Gegenrichtung zu fahren. Beim Wiedereinsteigen war ich überzeugt, daß ich sie verloren hatte, doch dann sah ich unter meinen Sitzplatz von vorhin und entdeckte am Boden die Tüte mit den Orangen. Im gleichen Augenblick wußte ich, daß ich sie nicht wiederhaben wollte. Sie sahen nur noch mir gehörig aus, gehörten mir aber nicht mehr. Gerade deswegen wollte ich sie unbedingt wiederhaben. Nach zwei weiteren Haltestellen war ich sicher, daß die Orangen und ich eine unzerstörbare Einheit waren. Deswegen konnte ich wenig später die Bahn ohne meine Orangen verlassen. Nur verlorene Orangen sind meiner heutigen Zwiespältigkeit gewachsen.

IN EINER FUSSGÄNGERZONE kommt mir Frau D. entgegen. Sie ist ein wenig älter als ich, sie unterrichtet (mit Geschick, wie ich weiß) Zwölf- und Dreizehnjährige, und sie besucht Malkurse, oft mehrere gleichzeitig. Wenn Impressionismus auf dem Kursprogramm steht, tupft sie Weizenfelder auf ihr Blatt, wenn Kubismus dran ist, malt sie aufrecht stehende Dreiecke, und wenn es Zeit für den Surrealismus wird, tauchen bei ihr prompt Dalís Körperschubladen und Max Ernsts Pelzbrüste auf. Wir mögen uns nicht, und wir wissen es. Wir registrieren, wenn wir uns einander nähern, und wir achten darauf, daß wir nicht unnötig miteinander sprechen. Wir wollen weder unsere beidseitige Verlegenheit bemerken noch wollen wir uns kränken. Unser Meisterstück haben wir einmal in einer Buchhandlung abgeliefert. Wir wußten, daß wir uns gleichzeitig in ein und demselben Laden aufhielten, wir nahmen Bücher in die Hand und blätterten darin, wir schauten zwischendurch auf, ohne unseren Blicken zu begegnen, wir lasen uns fest, wir wechselten die Standplätze und begegneten uns dennoch nicht. Obgleich wir uns nicht ansahen und nicht miteinander redeten, brachten wir unser gemeinsames Entkommen hervor. Hinterher war ich erschöpft. Wo hatte ich nur die Taktik des dauernden Ausweichens bei gleichzeitiger Nähe gelernt? Für solche Kunststücke ist es diesmal zu spät. Für eine Sekunde haben sich unsere Blicke ineinandergeschoben. Deswegen müssen wir uns, als wir aneinander vorübergehen, zwei eisige Sekunden lang erneut ansehen, wir müssen uns knapp grüßen, ohne den Mund dabei zu öffnen, und wir müssen die Erleichterung spüren, die uns ergreift, als nur noch unsere Rücken einander zugewandt sind.

Es ist ein schöner Nachmittag, ich sitze auf einer Bank in der Nähe eines Eissalons, ich habe die Schuhe ausgezogen und halte die nackten Füße in die schwachen, immer noch warmen Sonnenstrahlen. Soll ich mir ein Eis kaufen? Hinter der zur Straße hin offenen Theke steht ein schönes Mädchen und schaut heraus. Ihr Haar ist schwarz, ihre Haut ist weiß, ihre Augen sind dunkel und ihre Brüste entzückend rund. Am schönsten ist ihr Name. Eben hat jemand nach ihr gerufen: Graziella! Graziella! Sie drehte den Kopf und lachte in die Tiefe des Raumes. Ich betrachte meine bloßen Füße und warte darauf, daß der Name noch einmal gerufen wird, damit alle sehen können, wie wunderbar das zueinander passen kann: Ein Mädchen und ein Name. Da fällt mir auf, daß meine Füße nicht mehr weiß, sondern weißlich sind, nicht mehr schlank, sondern dürr, nicht mehr gerade, sondern gekrümmt, nicht mehr glatt, sondern sehnig. Jetzt brauche ich doch ein Eis. Graziella schaut mich blitzend und sanft zugleich an. Plötzlich bin ich getroffen von einer Entdeckung: Bei jungen Frauen sehen die inneren Augenwinkel aus wie verkleinerte Abbildungen unseres Geschlechts. Jetzt kann ich nicht mehr sagen, wieviel Eisbällchen ich will. Ich stottere, ich kann nicht sprechen. Beim Schlucken spüre ich, wie ich altere. Ich wende mich ab und verschwinde im Gewimmel.

ICH BIEGE IN DEN SANDWEG EIN, was ich nicht tun sollte. Nach etwa fünfzig Metern, ungefähr in Höhe der Bushaltestelle, wird eine ältere Alkoholikerin an der Hauswand stehen. Um sie herum streicht ein Hund, vermutlich das einzige Lebewesen, das ihre Nähe noch erträgt. Oft liegt er auf der Straße und leckt sich das Geschlecht. Dann wird die Frau die Bierflasche absetzen und den Hund anreden. Nach einer Weile wird der Hund munter werden, er wird den Kopf heben und die Frau anschauen. Darüber wird sie so dankbar sein, daß sie den Hund streicheln möchte. Dabei wird sie hinfallen, und sie wird eine Viertelstunde brauchen, bis sie wieder auf den Beinen ist. Wenn ich an ihr vorbeigehe, werde ich einen Fehler machen. Ich werde sie so anschauen, als sei ich ansprechbar. Sie wird wieder nicht wagen, das Wort an mich zu richten, aber ich werde sie überlegen sehen, ob sie es tun soll. Dabei will ich nur ihren Blick sehen. In ihrem Blick erkenne ich etwas von meinem Blick. Auch mein niemals ruhendes Umherschauen will die in mich eingedrungene Fremdheit wieder aus mir herausblicken, egal wie. Dann, nach diesen kurzen Momenten der Verschwisterung, werde ich mich rasch und mit einem leise feigen Gefühl entfernen. Ja, ich sehe sie, sie treibt sich an der Haltestelle herum und betrachtet den Hund.

II

Ich möchte Schafe sehen, möglichst viele. Und Gras, viel Gras. Ausgetrocknetes, strohiges, hohes oder niedriges Gras. Am besten wäre, ich entdeckte einen Hügel, über den sich eine kleine Schafherde verteilt. Einige der Tiere würden nahe beieinanderstehen, andere weit auseinander. Die Gruppenschafe würden die Einzelschafe manchmal ansehen, manchmal nicht. Ich würde irgendwo am Fuß des Hügels sitzen und dabei zuschauen, wie die Schafe mit schwer zu begreifender Gleichmäßigkeit Gras fressen und den Hügel dabei langsam überqueren und schließlich verlassen. Vorerst sitze ich in einem altertümlichen Eilzug der Bundesbahn und fahre nach Erbach im Odenwald. Sobald ich Schafe sehe, egal wie viele und egal wo, werde ich aussteigen und eine Stunde oder zwei in der Nähe der Tiere verbringen. Im Wagen riecht es nach dem Plastikmaterial, aus dem die Sitze hergestellt sind, und nach verbrauchter Luft. Es ist einer der alten Wagen, in dem die Sitzbänke in Viererruppen hintereinander aufgereiht sind. Der Zug ist halb leer. In meiner Nähe befinden sich einige ältere Ausflügler und ein paar einzelne Frauen mit Kindern. Die Wanderer erzählen sich Anekdoten von früheren Ausflügen und lachen übermäßig. Der Zug hält in kurzen Abständen, jedesmal steigen nur wenige Fahrgäste ein und aus. Der Schaffner kennt offenbar viele von ihnen und kontrolliert sie nicht mehr. Kurz nach Wiederanfahrt setzt er sich gern zu den Ausflüglern und hört ihnen zu. Das niedrige Bergland des Odenwalds ist noch eine gute Stunde entfernt. Im Augenblick fährt der Zug an verlassen wirkenden Hochhaussiedlungen und verkommenen Campingplätzen vorbei. Die lieblos verrumpelten Kleinstädte ringsum brauchen nicht damit zu rechnen, daß sie jemals ausdauernd betrachtet und am Ende der Betrachtung abgelehnt werden könnten. Sie sind von langsam wachsender Wirklichkeit erschaffen und bestehen jede Prüfung. Sie heißen Klein-Auheim und Groß-Umstadt, und genauso sehen sie auch aus. Erst hinter Babenhausen löst sich das Einerlei aus Tankstellen, Schrottplätzen,

Bierlagern und Baumärkten langsam auf. Jetzt wechseln kleine Waldstücke mit Kartoffeläckern und Maisfeldern. Bei Seligenstadt öffnet sich das Land, und ich sehe erstmals Tiere, Kühe und Pferde. Die Kühe schauen auf, wenn der Zug vorüberfährt, die Pferde nicht. Mir fällt die wichtigste Eigenschaft der Schafe ein, die mich damals, als ich dreizehn oder vierzehn war, am meisten beschäftigte: ihre Unbeeindruckbarkeit. Schafe können es sich leisten, sich für nichts zu interessieren, und darum habe ich sie damals beneidet. Ich habe noch nie ein Schaf gesehen, auch später nicht, das den Kopf gehoben hätte, um Aufmerksamkeit für irgend etwas anderes zu erübrigen als für die paar Halme, die es gerade frißt.

ZWEI ÄLTERE ARBEITERINNEN, die eine Station zuvor zugestiegen sind, überlegen, ob sie nächsten Monat in eine andere Schicht wechseln sollen. Eine dritte Arbeiterin wendet sich ihnen zu und sagt, als sie auf die Sitzbank niederrutscht: Achgottachgottachgott. Ich habe Lust, die kleinen verlassenen Bahnhöfe länger anzuschauen, aber der Zug hält immer nur höchstens eine oder zwei Minuten. Oft sitzt ein einzelner junger Mann oder ein Kind auf einer Bank. Wahrscheinlich wissen sie nicht, worauf sie warten, aber sie warten am Bahnhof, weil es dort nicht auffällt. Sie schauen die hinter den Zugfenstern stehenden Reisenden nicht an. Sie blicken auf Abfälle oder auf die Bahnhofsblumen, die bisher auf allen Stationen gelb waren: Butterblumen, Löwenzahn und Raps. Hier wachsen ein paar ebenfalls gelbe Huflattichsträucher. Ein etwa fünfzehnjähriger Schüler nagt an einem leeren weißen Plastikbecher. Als er bemerkt, daß ich ihn anschaue, setzt er den Becher ab. Jetzt sehe ich seinen Mund. Seine Lippen erinnern mich an Haralds Lippen, die vor dreißig Jahren wie zwei kleine Tierchen an meinem Hals entlanggehuscht sind. Da fährt der Zug wieder an.

SCHAFE HABE ICH NOCH NICHT GESEHEN, kein einziges. Die Wiesen reichen jetzt bis an das Gleis heran. Die Halme werden durch den Fahrtwind des Zuges zur Seite gebeugt. Ich wundere mich über mein kindisches Verlangen, das Fenster zu öffnen und die Gräser zu beruhigen: Keine Angst! Ihr werdet nur kurz umgebogen! Ein Fahrtwind ist kein Tritt! Harald war damals fünfzehn, ich vierzehn. Er balancierte auf Gartenzäunen entlang und achtete darauf, daß ich es sah. In der Schiffschaukel auf dem Rummelplatz riskierte er den Überschlag, wenn ich ihm dabei zuschaute. Ich glaube, ich habe damals nicht bemerkt, daß er mich schon zu diesem Zeitpunkt unterhalten wollte. Sein Drang, mich erobern zu wollen, nahm es hin, daß ich unbeteiligt war. Harald wußte nicht, daß ich die ganze Zeit an einen anderen dachte, an den ebenfalls fünfzehnjährigen Dieter, der mich nicht beachtete. Harald und ich saßen am Nachmittag auf dem Flußvorland, rings um uns eine Menge fressender Schafe, denen ich zuschaute. An ihnen gefiel mir alles; besonders ihre extrem seitlich angeordneten Augen und die Art, wie sie plötzlich, die Beine einknickend, auf die Erde niedersanken. Sie schienen nicht darunter zu leiden, daß sie zwar sanfte Gesichter, zugleich aber entsetzlich verkotete Hinterteile hatten. Harald begann, mir seine Hand unter den Pullover zu schieben, vorerst nur auf dem Rücken. Ich saß stocksteif im Gras. Ich hatte kein Verlangen. Warum hatte ich kein Verlangen? Ich erinnere mich nicht. Ich wußte von anderen Mädchen, daß es an der Zeit war, sich anfassen zu lassen. Es sah nicht vorteilhaft aus, wenn ein Mädchen vierzehn oder fünfzehn war und keinen Freund hatte. Ein älterer Mann zieht einen unwilligen Hund durch den Eisenbahnwagen. Im Augenblick, als die Krallen des Tieres über die eiserne Plattform rutschen, überfällt mich das Gefühl, daß ich schon damals gewußt habe, wie unmöglich es ist, sich zwischen den Menschen das Glück vorzustellen. Harald küßte mir von hinten den Hals. Ich erinnere mich, daß ich nicht verwundert war; ich langweilte mich ein wenig und betrachtete die Schafe. In der geschlossenen linken Hand hielt ich oft einen Grashüpfer, der mit den Hinterbeinen mächtig gegen meine umklammernde Hand drückte. Erst ungefähr fünfzehn Jahre später ist mir aufgefallen, daß ich damals drei Nebenbeschäftigungen brauchte, um Haralds Eroberung auszuhalten. Erstens: an einen anderen, unerreichbaren Liebhaber denken. Zweitens: die Unbeeindruckbarkeit der Schafe beobachten. Drittens: einen Grashüpfer in der Hand spüren.

DIE AUSFLÜGLER FANGEN AN, belegte Brote und Trinkpäckchen aus ihren Rucksäcken und Taschen zu holen. Es macht ihnen nichts aus, sich gegenseitig schwitzen und sich den Schweiß abwischen zu sehen. Die Männer schwitzen auf der Stirn, die Frauen in der Brustritze. Einmal hält ein weißhaariger Wanderer ein umherspringendes Kind an und ermahnt es zur Ruhe. Die Mutter des Kindes weist die Ermahnung knapp zurück und sagt dabei den Satz: Man kann das Kind ja nicht an die Wand nageln. Die plötzlich vorhandene Vorstellung, an die Wand genagelt werden zu können, lähmt das Kind. Es setzt sich neben die Mutter und bewegt nur noch die Hände. Mir fallen die Maikäfer ein, die Harald und ich damals in den Tod geschickt haben. Zu Beginn des Sommers hatte Harald eine leere Schuhschachtel mitgebracht. Wir streiften durch das Gras und schüttelten Maikäfer von den Laubbäumen herunter. Harald steckte sie in die Schachtel und schob diese eine Nacht lang unter den Küchenschrank seiner Mutter. Einen Tag später waren die Tiere kaum noch am Leben. Wir sahen, daß die Maikäfer zwar noch krabbeln, aber nicht mehr fliegen konnten. Mit diesen ermatteten Käfern ging Harald auf den Balkon und setzte sie nacheinander auf einen Besenstiel, den er vom Balkon aus ins Freie hinaushielt. Das heißt: Harald umklammerte den Besenstiel, und ich setzte die Käfer drauf. Die Tiere krochen langsam auf dem Stiel nach vorne und probierten dabei die zurückkehrende Beweglichkeit ihrer Flügel aus. Inzwischen war eine große Gruppe von Spatzen, Amseln und Schwalben herbeigeflogen, die in größter Erregung um den Besenstiel herumschwirrten. Die Vögel trauten sich nicht, den Besenstiel direkt anzufliegen. Sie warteten, bis die Käfer abhoben, dann stießen sie mit lärmender Vorfreude aus den Lüften herab und verspeisten die Maikäfer im Flug. Das Spiel erregte mich. Endlich bemerkte ich, daß Harald mir etwas bieten wollte. Vielleicht spürte er, daß mich das Käferspiel für ihn einnahm. Von Zeit zu Zeit versuchte er, mir von der Seite oder von vorne in die Bluse zu schauen. Harald hatte mir noch nicht an den Busen gefaßt, aber das mußte bald kommen. Ich hatte mich inzwischen damit eingerichtet, fast jeden Tag mit einem Jungen zusammenzusein, den ich nicht eigentlich mochte. Wenn er mir den Arm auf die Schultern legte, tat ich so, als wüßte ich nicht, daß es sich um eine Annäherung handelte. Ich selbst hatte kein Bedürfnis, Harald zu berühren. Aber ich erzählte eifrig, was Harald und ich mit den Maikäfern gemacht hatten.

Einmal sehe ich ein paar schöne Gatter, für Schafe wie geschaffen, aber leer. Auf den Feldern ringsum wird gearbeitet. Vor allem Bäuerinnen und halbwüchsige Töchter sind zu sehen. Weit von ihnen entfernt stehen ihre Fahrräder, einzeln an Obstbäume gelehnt. Ein kleines Kind sitzt still auf einer Decke unter einem Apfelbaum. Das Kind sieht nicht zu den Bäuerinnen hin, sondern weit in das Land hinein. Die Frauen tragen blaue, ärmellose Kleider und weiße Blusen darunter, ein schwarzes Band im grauen Haar. Die Töchter stecken in ältlich wirkenden Sommerkleidern. Unter den Halbwüchsigen fällt mir ein etwa vierzehnjähriges blondes Mädchen mit Zöpfen auf. So ungefähr könnte ich damals ausgesehen haben, wenn sich meine Mutter hätte durchsetzen können. Immer wieder wollte sie mir Zöpfe flechten, aber ich schnitt mir rechtzeitig das Haar ab und verschwand im Gras des Flußvorlands. Ich konnte damals gut zeichnen. Eines Tages behauptete ich, daß bald ein Krieg ausbrechen werde und daß es deswegen sinnvoll sei, sich vorher von mir porträtieren zu lassen. Ich wußte, der Krieg war zu Ende und die Flugzeuge am Himmel waren schon lange keine Bomber mehr, sondern Versorgungsmaschinen der Amerikaner, die in Frankfurt und Berlin landeten und Schokolade, Kekse, Milch und Reis brachten. Aber ich wollte nicht jeden Tag glauben, was ich wußte. Dann behauptete ich, unter den Tragflächen seien Giftgasbomben angebracht, die uns demnächst töten würden. Ich erzählte, wir würden an dem ausströmenden Gas in kurzer Zeit ersticken, danach umfallen und zu schwärzlichen, kindergroßen Mumien schrumpfen. Diese Geschichte hatte ich einmal von einer Nachbarin gehört, die sich vor einem Giftgasangriff nur knapp hatte retten können, indem sie in eine leere Schule flüchtete, hinter den Fenstern aber mit ansehen mußte, wie eben noch herumlaufende Menschen in Sekunden auf Puppengröße einschmorten. Meine Einschüchterung war erfolgreich. Das erste Porträt, das ich für zwanzig Pfennig verkaufte, zeigte die vierzehnjährige Ilse Schottländer, die begeistert war, gezeichnet zu werden. Bei Dieter kam ich nicht an. Er nannte meine Geschichte vom bevorstehenden Gaskrieg einen Fliegenschiß und lachte mich aus. Wenig später verliebte er sich leider nicht in mich, sondern in Ilse Schottländer. Harald hingegen fand mich, seit ich mit kleinen Zeichnungen Geld verdiente, noch toller.

JEDESMAL, WENN DER ZUG HÄLT, sagt ein heruntergekommener Pensionär: Jetzt bin ich gleich da! Wahrscheinlich besucht er seine Tochter. Schon vor einer halben Stunde begann er, aus einem brieftaschengroßen Fläschchen Weinbrand kleine Schlucke zu nehmen. Wenn ich nichts trinke, sagt der Mann, wird mein Mund langweilig und sagt nichts mehr. Dann spricht er von seiner zweiundsechzigjährigen Tochter, er nennt mehrmals ihr Alter und lacht dabei: Zweiundsechzig! Zweiundsechzig! Jetzt spricht er von seiner vierzigjährigen Enkelin, auch ihr Alter nennt er mehrmals: Vierzig! Vierzig! Auch die Enkelin hat vor kurzem ein Kind bekommen, höre ich, aber der trinkende Mann sagt nicht: Meine Enkelin hat ein Kind! Er sagt: Meine Enkelin hat jetzt auch einen Kinderwagen! Mit vierzig! Denken Sie! Ich erinnere mich, wie Harald anfing, mich mit neuen Unternehmungen zu locken. Er sammelte Reisig, trockene Äste und Bauholz und entfachte auf dem Flußvorland ein schönes Feuer. Die Flammen umfaßten schnell das sommerdürre Holz und brachten ein gleichmäßiges Knistern hervor, das mir gut gefiel. Wir setzten uns nebeneinander vor das Feuer und warteten darauf, daß sich unsere Gesichter erhitzten. Ich studierte den Rauch, der flach über das Land zog und lange sichtbar blieb. Manchmal stellte ich mich mit offenen Augen in den Qualm und probierte, wie lange ich den beißenden Schmerz aushalten konnte. Mit einem Draht band Harald ein Stück Autoreifen an einen Stecken und machte daraus eine Fackel, die er mir schenkte. Das brennende Reifengummi brachte einen fremdartigen Geruch hervor, den Harald gerne einatmete. Einmal traf mich eine brennende Gummischliere am Oberarm. Harald sprang sofort auf und erstickte die kleine Wunde mit seinem Taschentuch. Danach saugte er das noch flüssige, aber rasch fest werdende Gummistück von meiner Haut herunter. Vermutlich waren Haralds Fackeln Liebesgeschenke, eine Art Dank dafür, daß ich anstellig war und keine Schwierigkeiten machte. Ich erinnere mich der Genugtuung in seinem Gesicht, wenn er neben mir hockte und sein Blick zwischen der Fackel und meinem Gesicht hin- und herwanderte.

Kurz vor Wiebelsbach-Heubach muß der Zug eine leichte Steigung nehmen. Ringsum heben und senken sich schöne Abhänge mit Landwegen dazwischen, die sich in kleinen Laubwäldchen verlieren. Da und dort steht ein nicht abgeernteter Apfelbaum, der in seiner Fülle traurig und glücklich zugleich aussieht. Ich bin versucht, in Wiebelsbach-Heubach auszusteigen, obwohl ich vermutlich auch hier kein Schaf sehen werde. Aber dann bleibe ich doch sitzen auf meiner Kunstoffbank und denke an einen Spätnachmittag, als mir Harald seitlich in den Ärmelausschnitt faßte und seine Hand auf meinen rechten Busenzipfel legte. Ich tat, als hätte ich die Berührung nicht bemerkt. Harald nahm die Hand sogleich zurück und wartete eine Weile. Dann schob er sie erneut durch den Ärmelausschnitt. Jetzt tat ich so, als würde ich von solchen Annäherungen seit langer Zeit kein Aufhebens mehr machen, und sah weiter den Schafen zu. Es belustigte mich, daß die Tiere nicht daran interessiert schienen, wie ich soeben zum ersten Mal von einem Angehörigen des anderen Geschlechts sichtbar erobert wurde. Die Schafe störten sich nicht an uns, sie merkten nicht einmal, daß es uns gab. Auch der Schäfer und der Schäferhund beachteten uns nicht. Ich hörte auf das rupfende Geräusch des Grasfressens, das manchmal näher kam, uns eine Weile umkreiste und sich dann wieder entfernte. Manchmal hob ein Tier ein Hinterbein und stieß sich mit dem Huf in den Bauch. Die Art, wie ich mich in einer erotischen Situation zurechtfand, nach der es mich nicht verlangt hatte, war mir damals nicht unheimlich. Ich hielt mich an meine drei Nebenbeschäftigungen und entdeckte bald eine vierte. Es gab Spatzen, die den Rücken der Schafe anflogen und sich eine Weile umhertragen ließen. Einmal sah ich, wie ein Spatz auf den Rücken eines Schafes schiß, und ich sah außerdem, daß die Scheiße des Vogels weiß war. Weiße Scheiße! Ich lachte kurz über die Entdeckung, und als Harald fragte, worüber ich lachte, sagte ich: Über einen Ausspruch meines Vaters, der so lautete: Die Wolken ziehen dahin, sie ziehen auch wieder her, und in der Zwischenzeit trink ich ein Bier. Ich wußte nicht, warum ich Harald angeschwindelt hatte. Er hatte mir nichts getan, jedenfalls nicht ohne meine Billigung, und es gab keinen Grund, warum er an der weißen Scheiße der Spatzen nicht auch sein Vergnügen hätte haben können. Wenn ich keine Lust hatte, eine Heuschrecke zu fangen und sie für die Dauer von Haralds Knutscherei in der Hand zu halten, wartete ich auf die zarten weißen Scheiße- spritzer der Vögel. Erst zehn oder fünfzehn Jahre später, als ich diese Szene oft erinnert hatte, hatte ich den Einfall, daß die kleine Schwindelei mir half, meine *andere* Person nicht hervortreten zu lassen. Allerdings wußte ich nicht, was das für eine Person sein könnte und warum ich an ihrer Verbor- genheit interessiert war. Nach ein paar Monaten mochte ich Harald, obwohl ich auch nicht aufhörte zu glauben, daß er mir nicht gefiel oder, strenger noch, daß er mir nicht genügte. Ich kannte diese Aufspaltungen des Fühlens schon aus der Schule. Dort passierte es mir immer wieder, daß ich mich für den Unterrichtsstoff interessierte, zum Beispiel in Biologie für das Leben am Meeresgrund, ich war gefesselt und hörte zu und machte Notizen, aber plötzlich bemächtigte sich meiner die Überzeugung, all das, was hier erzählt wurde und was sich hier ereignete, sei sicher sinnvoll und nützlich für die anderen, für mich aber ungenügend. Es gab in meinem Inneren das Gefühl einer rasch anwachsenden Unantastbarkeit, eine Zita- delle mit eigener Stimme, die mir nicht erlaubte, ohne Vor- behalte zu leben. Diese andere Person bildete sich mit spürbar großen Schritten heraus. Immer öfter sagte jemand in meinem Inneren: So nicht. Oder: Auf keinen Fall. Oder einfach: Nein. Ich hörte diesen Zurückweisungen mit Befremden zu und spürte doch die angenehme Erhöhung, auf der sie mich zurück- ließen.

MEINE HOFFNUNG, heute ein paar Schafe zu sehen, wird kleiner und kleiner. Kurz vor Michelstadt trugen drei Gänse ihre schweren Körper einen Feldweg entlang, aber von Schafen weit und breit keine Spur. Die Ermüdung hinter meinen Augen nimmt zu. Ich lehne den Oberkörper zurück und versuche, nichts zu denken. Die Ausflügler werden immer munterer, wahrscheinlich werden sie in Erbach aussteigen. Sie lachen und scherzen und fassen sich an die Arme. Ich wundere mich darüber, daß sie offenbar nicht die mindeste Fremdheit empfinden. Alles, was es auf der Welt gibt, ist passend für sie. Oder tragen sie ebenfalls andere Personen in sich, die nicht hervortreten sollen? Ich war, als ich vierzehn war, schon uneins mit mir wegen meiner Pickel. Einerseits haßte ich sie; andererseits erregte es mich, wenn Haralds Lippen über sie hinwegstrichen. Ich empfand einen geringen Schmerz, der zugleich eine angenehme Reizung war. Wenn ich mich nicht mit Harald traf, trieb ich mich allein in den Straßen unseres Viertels herum und sehnte mich nach Dieter. Die Chancen, daß er Ilse Schottländer stehenließ und sich mir zuwandte, wurden von Woche zu Woche kleiner. Es überkam mich der Eindruck einer nicht wiedergutzumachenden Verfehlung. Dadurch entstand das verheerende Gefühl, daß ich mich schon als Kind nach meiner Kindheit sehnte. Das Verlangen nach Liebesereignissen mit Dieter und das gleichzeitige Eingeständnis ihrer vollkommenen Unmöglichkeit trieb mir ohne Vorwarnung die Tränen in die Augen. Um sie zu verbergen, setzte ich mich mit dem Gesicht zur Straßenseite auf einen Bordstein und wartete, bis die Anfälle vorüber waren. Dabei hob ich manchmal eine der viereckigen Gehwegplatten aus, auf denen ich saß. Es war ablenkend, die Asseln und Ohrenklammern anzuschauen, die unter den Gehwegplatten im Dunkeln lebten und durch den überraschenden Lichteinfall panikartig umherflitzten. Dabei dachte ich schon wieder an Ilse Schottländer, die sich neuerdings schminkte, wahrscheinlich für Dieter. Nach wenigen

Minuten hatten sich die Asseln und Ohrenklammern neue Schlupfwinkel gesucht. Ich starrte in ein Viereck aus schwarzer, feuchter Erde.

Die Ausflügler suchen ihre Rucksäcke und Wanderstöcke zusammen und machen sich zum Aussteigen bereit. In wenigen Minuten sind wir in Erbach. Die Wanderer sagen »Mein Mann« und »Meine Frau«, ich höre es gern und zucke zugleich zusammen. In der kleinen Bahnhofshalle von Erbach erfahre ich, daß erst in eineinhalb Stunden ein Zug zurückfährt. Die Ausflügler zerstreuen sich rasch in der ein wenig abgesenkt liegenden Kleinstadt. Ich überlege, ob ich Erbach so lange durchqueren soll, bis ich auf freies Feld stoße und dann, vielleicht (meine letzte Chance), ein paar Schafe sehe. Aber schon nach wenigen Metern stößt mich die Boutiquenhaftigkeit der Kleinstadt ab. Noch vor zwanzig Jahren imitierten unsere Dörfer ein schon lange nicht mehr vorhandenes bäuerliches Leben. Heute ahmen sie eine noch viel krasser abwesende Großstädtischkeit nach. Die Kleinstadt will ein hundertprozentiges Hamburgfrankfurtmünchen sein, und was dabei herauskommt, ist ein grotesk angestrengtes Gewinkel aus aufgedonnerten Metzgereien und Bäckereien, mit indirektem Licht und Schmusemusik. Junge Frauen springen aus weißen Cabriolets heraus und verschwinden in der Schalterhalle der Sparkasse. Schicke Rentner führen Pudel spazieren, und ein Schild an einem Reisebüro teilt mit: »Jetzt auch in Erbach: Keyboard-Unterricht.« Einzig in einer Spielhalle, die hier natürlich »Royal« heißt, zeigt sich etwas von der Ratlosigkeit der Zeit. Junge Arbeitslose und Ausländer stehen reglos darin herum und geben mit ihrer Untätigkeit zu, daß die für sie geplante Zerstreuung nicht einmal bei ihnen ankommt. Von heute aus gesehen kommt es mir so vor, als hätte Harald schon damals geahnt, daß eine zu erobernde Frau vor allem staunen möchte. Er nahm mich mit, wenn er das Gelände durchstreifte und nach verlassenen Ruinen suchte. Er drang in deren Souterrains ein (ich immer hinterher) und hielt Ausschau nach Kupferrohren, die er entweder abschraubte oder aus den Wänden freiklopfte. Im Erdgeschoß eines anderen zerbombten Hauses entdeckte er gleich mehrere, stark verdreckte Wasserhähne, die er an Ort und Stelle reinigte. Harald vermutete, daß sie aus Messing waren, und er hatte recht. In der verwahrlosten Waschküche wieder eines anderen Hauses stießen wir auf eine tote Katze, aber auch auf eine kleine Zinkwanne, die Harald glücklich machte. Ich lernte von ihm, daß Kupfer, Messing und Zink zu den sogenannten Edelmetallen zählten, für die vergleichsweise hohe Preise gezahlt wurden, viel mehr als für Eisen- und Stahlstücke, die Harald ebenfalls sammelte. In einer total zerstörten Zahnarztpraxis fand er einmal sogar ein Instrument aus Platin; Harald hielt es für so wertvoll, daß er es schätzen ließ und nicht verkaufte. Nach unseren Streifzügen gingen wir zu einem Schrotthändler, der Haralds Metallstücke einzeln auf eine Waage legte und sie nach Art und Gewicht bezahlte. Der Schrotthändler nahm keinen Anstoß daran, daß er es mit einem Fünfzehnjährigen zu tun hatte. Ich stand dabei und hüpfte ein bißchen in die Höhe, als ich sah, wie der Schrotthändler Harald ausbezahlte. Denn ich war es, für die Harald sein Geld wieder ausgab. Ich hatte zu diesem Zeitpunkt keine eigenen Einnahmen mehr, weil fast alle Kinder aus der Umgebung schon ein von mir gezeichnetes Porträt besaßen. Das Sammeln von Schrott machte aus Harald einen wohlhabenden Jungen und aus mir seine begünstigte Begleiterin. Allerdings mußte ich nicht bitten, nicht lauern und nicht warten. Harald war freigebig und spontan. Er tat, als sei sein Geld immer auch mein Geld.

ICH SITZE UNTER EINEM Kastanienbaum auf einer Bank. Zum ersten Mal fröstelt mich. Ein plötzlich herbstlicher Wind stößt in den Baum und läßt die ersten Kastanien herunterfallen. Schnelle Wolken ziehen vorüber. Die Sonne fällt nur noch durch ihre Schwäche auf; ihre Strahlen erhellen die Wohnungen und Läden nur kurz und verschwinden dann wieder. Ich betrachte die am Boden liegenden Kastanien. Die Innenhaut einer aufgeplatzten Frucht bleibt nur wenige Minuten lang weiß; dann nimmt sie eine bräunliche Färbung an. Nach einem mit Schrottsammeln verbrachten Nachmittag hatte Harald eine Einnahme zwischen 2,00 und 2,50 Mark. Danach gingen wir unverzüglich in eine Bäckerei und versorgten uns. Es gab damals kleine Blätterteigstücke, die Prasselkuchen hießen. Ich aß gerne Blätterteig, aber mehr noch liebte ich das Wort Prasselkuchen. In diesem Wort drückte sich meine damalige Situation aus: Wenn ich mit Harald zusammen war, prasselten Wohltaten auf mich nieder. Denn Harald kaufte außerdem zwei Täfelchen amerikanischer Cadbury-Schokolade und eine große Flasche Limonade. Dann zogen wir uns zurück in das Gelände und suchten eine ruhige Stelle. Meistens setzten wir uns an den Rand eines mit Unkraut überwachsenen Bombenkraters und packten aus, was Harald eingekauft hatte. Manchmal kamen Martin, Ilse, Karin oder Dieter vorüber und sahen uns essen, aber wir gaben ihnen nichts ab. Erstaunt, fröstelnd und beglückt lernte ich, was es bedeutete, im Vorteil zu sein. Wenn wir fertig waren, warf Harald die leere Limoflasche in den langen und offenen Gang eines verlassenen Bunkers. Ich pfetzte die Augen zusammen und schrie kurz auf, wenn die Flasche irgendwo im Dunkeln auf Beton aufschlug und zersplitterte. Kurz danach sah ich, daß Harald Vergnügen daran hatte, mich schreien zu sehen und zu hören.

Ein junger Mann, der heftig an seinen Fingernägeln herumbeißt, geht vorüber. Er hält sich die Hand wie ein Stück Nahrung vor die Lippen und nagt. Obwohl der Anblick widerlich ist, bin ich innerlich nicht gegen ihn eingestellt. Ich denke nur: Wie unausweichlich es ist, sich in sich selber zu verbeißen, wie wunderbar der ferne Tod des jungen Mannes in seinem Nagen und Beißen verborgen liegt! Wir kannten uns ein halbes Jahr, als Harald begann, mit einem Spaten einen etwa ein auf eineinhalb Meter tiefen Quader aus der Erde zu heben. Er brauchte drei Nachmittage, dann war die kleine Höhle fertig. Mit Backsteinen schlugen wir den Boden so glatt, daß er nach kurzer Zeit wie ein schon immer benutzter Wohnboden aussah. Von einer Baustelle schleppte Harald Bretter, Holzbohlen und Dachpappe herbei und konstruierte ein Dach. Es war ein Flachdach, dessen Tragestützen eine Handbreit in das Erdreich eingelassen waren. Mit Blättern, Gestrüpp, abgerissenen Ästen und einer Menge des überall herumliegenden Schutts ähnelte Harald das Aussehen des Dachs so sehr dem allgemeinen Bild der Umgebung an, daß nur ein geübtes Auge an dieser Stelle eine Höhle vermuten konnte. Den Eingang, ein schmales Loch, durch das Harald und ich gerade so hindurchrutschen konnten, hatte er so geschickt unter die herabhängenden Äste eines Buschs plaziert, daß er praktisch unsichtbar war. Künftig knutschten wir, wenn es regnete, nicht mehr im Freien, sondern in einer Höhle, von deren Existenz wir niemandem etwas sagten. Wir küßten uns, bis mir der Mund zu glühen schien, und obwohl ich es erregend fand, mich im Halbdunkel und zwischen manchmal feuchten Lehmmauern von einem Jungen anfassen zu lassen, kam doch der Tag, an dem ich die besondere Einschnürung der Liebe spürte. Vermutlich reagierte ich nicht einmal auf die Liebe selbst, sondern nur auf den Raum, in dem sie neuerdings stattfand, auf die Enge der Höhle. Plötzlich durfte mein Sinn nicht mehr ins Freie entfliehen. Eine kleine schmutzende Fremdheit richtete sich zwischen Harald und mir ein und schmutzte jeden Tag ein bißchen weiter. Das heißt, es war nur meine Fremdheit, die Harald vermutlich nicht bemerkte. Er hatte die Spur seines Verlangens gefunden, die er nur weiterzuverfolgen brauchte. Ich wußte nicht, woher diese Fremdheit kam, ich weiß es bis heute nicht. Wahrscheinlich ist sie nur ein Ausdruck der grundsätzlichen Unwillkommenheit des Menschen auf der Welt, die wie eine Nadel im Herzen jedes Menschen sitzt und in meinem vielleicht ein wenig tiefer. Ich weiß nicht einmal, wie ich von diesen Dingen sprechen soll. Sobald ich etwas über sie herausfinden will, schiebt sich die Unwillkommenheit vor meine Anstrengung und gibt mir zu verstehen, daß mein Nachdenken ergebnislos sein wird. Dieser Verlauf ist mir gut vertraut. Kurz nach dem ersten Scheitern schweift mein Denken unwillig ab und heftet sich an das erstbeste Detail aus meiner unmittelbaren Umgebung. Diesmal ist es ein etwa zehnjähriger Junge, der ein Geldstück in einen Süßigkeitenautomaten wirft. Der Junge wartet, bis die Münze durch den Automaten gewandert ist, dann zieht er ein Entnahmefach mit einer kleinen Tafel Schokolade. Er stößt das leere Fach in den Automaten zurück und beginnt, die Schokolade auszupacken und aufzuessen. Es sind nur vier oder fünf Rippen, die der Junge rasch verschlingt. Sonderbarerweise bleibt er dabei stehen und starrt den Automaten an. Irgend etwas an dem Tausch Geld gegen Schokolade scheint ihn zu verstimmen. Aber was? Glaubt er, zu wenig Schokolade bekommen zu haben? Oder bemerkt er, daß er sein Verlangen zu schnell gegen eine unzureichende Befriedigung eingelöst hat? Der Junge kaut und schluckt und knöpft sich dabei seine Jacke zu. Will er sein Verlangen zurückfordern und fühlt dabei, wie die unmögliche Rückerstattung aus dem Verlangen einen Verlust macht? Irgend etwas stimmt nicht! Im Augenblick, als sich der Junge abwendet, sehe ich, daß er sich während seiner Grübeleien die Jacke falsch zugeknöpft hat. Der letzte Knopf am unteren Saum hat kein Knopfloch gefunden und hängt lose herum. Der Anblick entzückt mich! Der letzte Knopf zuckt und springt und sagt immerzu: Etwas stimmt nicht! Etwas stimmt nicht!

Die letzte halbe Stunde vor der Rückfahrt verbringe ich in einem engen Café, das umfassend Anschluß an das Weltstädtische sucht. Man sieht es auf den Tapeten, die das Empire State Building, den Eiffelturm und die Tower Bridge zugleich abbilden. Die Internationalität endet am Schaufenster, wo ältliche Gittergardinen gegen Blicke von außen schützen. Meine Überwachheit verführt mich dazu, die grotesken Zusammenstellungen Punkt für Punkt wahrzunehmen. Dabei paßt die Unstimmigkeit des Lokals auf sonderbare Weise zu der Unstimmigkeit, die ich damals mit Harald immer deutlicher empfand. Ich begann zu glauben, ich könne meinen Zwiespältigkeiten nur entkommen, wenn ich mich wieder auf Dieter besann. Nur er, dachte ich, konnte mein Liebesgeschick in andere Bahnen lenken. Und das bedeutete: Ich durfte Dieter nicht aufgeben. Tatsächlich behielt ich ihn im Auge, ich erkundigte mich nach ihm, ich wußte, was er tat und was er nicht tat. Mein Verlangen machte mich für rund zwei Jahre zu einer Liebesdetektivin. Dann erfuhr ich, daß Dieter demnächst den Winterlehrgang einer Tanzschule besuchen würde, und ich erfuhr außerdem, daß seine Geschichte mit Ilse inzwischen zu Ende gegangen war. Das, dachte ich, ist meine Chance. Dieter war inzwischen siebzehn, ich sechzehn. Ich meldete mich für den gleichen Tanzlehrgang an, und ich war entschlossen, mir Dieter während dieses Tanzwinters, wie soll ich sagen, anzueignen, und zwar handstreichartig und endgültig. Als ich diesen Plan faßte, fühlte ich das Glück wie einen glitschigen Fisch tagelang in meiner Hand, und ich war entschlossen, den Griff nicht mehr zu lockern. Ich verstand es selbst nicht, und ich verstand es sehr gut, aber es gehörte zur Neuartigkeit meines Plans, daß ich plötzlich ein Ziel und eine Kälte hatte und mich berechtigt fühlte, dieses und jenes offenlassen zu dürfen. Harald begleitete mich nicht in den Tanzkurs, was mir nur recht war. Zu meinem Plan gehörte auch, Harald zu verlassen, sobald die Geschichte mit Dieter begonnen haben würde. Die Zeit mit Harald war nur noch eine Art

Wartezeit. Dennoch war ich Harald dankbar dafür, daß mit mir rechtzeitig etwas nach vorne Weisendes geschah und ich nicht, wie zum Beispiel Inge, immer nur mit dem Fahrrad herumfahren mußte; ich dachte an Dieter und hatte nichts dagegen, für ihn erfahren zu werden.

DIE KELLNERIN, eine ältere, mürrische Frau, bringt mir die zweite Tasse Kaffee. Ich würde gerne einmal ihr Gesicht sehen, wenn sie eine freudige Nachricht hört. Aber es gibt hier niemanden, der etwas zu ihr sagt. Wenig später läßt sie Wasser in einen Eimer einschießen und beginnt, das Schaufenster zu putzen. Durch diesen Vorgang verliert das Café überraschend einen Teil seiner Fremdheit. Eine Frau, die drei Tische weiter einen Apfelsaft trinkt, zieht unter dem Tisch ihre Schuhe aus. Eine Weile spielt die Frau mit ihren Zehen, dann will sie mit beiden Füßen zugleich in den linken Schuh schlüpfen. Es sieht aus wie eine versuchte Kopulation zweier kleiner Körper. Der untere Fuß hält still, der obere drängelt sich auf ihn und sucht nach einer guten Position. Als sich der Tag des Abschlußballs näherte, kaufte ich mir ein blaues Abendkleid, ein kleines Täschchen aus Straß und ein paar zu kleine, silberfarbige Stöckelschuhe. Die Schuhe drückten mich, aber ich hatte das Gefühl, das Drücken sei ein Beweis dafür, daß mein Plan gelang. Ich tanzte öfter mit Dieter, wir unterhielten uns gut, und ich spürte, daß in seinen Bewegungen und Handgriffen eine Art Überschuß verborgen war, der nicht dem Tanz, sondern meinem Körper galt. Ich war mir meiner Sache sicher, obgleich ich bemerkt hatte, daß Dieter auch mit einem anderen Mädchen tanzte, mit einer etwas dickbackigen Blonden, die mir nicht als Konkurrenz erschien, weil ich sie als entschieden zu füllig empfand. Die Katastrophe ereignete sich, als ich mich erhitzt und lodernd und eroberungswillig auf den Balkon des Tanzsaals zurückzog und dort darüber nachdachte, wie ich es anstellen sollte, daß Dieter in ungefähr einer Stunde mit mir nach Hause ginge. Von der Brüstung des Balkons aus sah ich auf die Tanzenden hinunter und suchte, während ich mir eine Strategie zurechtlegte, wie immer nach Dieter. Ich entdeckte ihn nicht sofort. Erst nach zwei oder drei Minuten sah ich ihn, allerdings nicht unter den Tanzenden. Er saß genau unterhalb von mir in einer Ecke des Tanzsaals und beugte sich über die Blonde. Er küßte sie mit bedrückender

Heftigkeit, schob ihr während des Küssens den linken Träger über die Schulter und streifte ihr mit einer mich bestürzenden Routine den Ausschnitt so weit herunter, daß sich ihm die rechte Brust des Mädchens mehr als halb entblößt darbot. Das alles hätte ich vielleicht noch hinnehmen oder weiter beobachten können. Dann aber geschah etwas Unerhörtes, aus dem ich schließen mußte, daß ich erneut und wahrscheinlich endgültig aus dem Rennen geworfen war. Die Blonde ergriff eine der riesigen Speisekarten, die unweit auf dem Tisch herumlagen, öffnete sie geschickt und verdeckte mit ihr ihre halb entblößte Brust. Dieter erkannte sofort, daß ihn die Speisekarte vor den Blicken der anderen schützen sollte und auch schützte. Und er verstand außerdem, genausogut wie ich auf dem Balkon, daß in der von der Blonden gehaltenen Speisekarte die Einladung zu einer erotischen Konspiration versteckt war. Dieter griff mit der Hand nach der Brust und rutschte ein wenig mit dem Kopf nach unten, bis er die Brustspitze zwischen den Lippen hatte. Die Blonde legte ihren rechten Arm auf Dieters Rücken und hielt mit der linken Hand weiter die Speisekarte so geschickt, daß niemand Zeuge ihrer Intimität werden konnte. Außer mir. Ich war über die Brüstung gebeugt und sah von oben dabei zu, wie sich Dieter die Brust in den Mund schob und sie freigab und wieder nach ihr schnappte. Lange konnte ich es nicht aushalten, dann drückte sich ein furchtbares Gemisch meine Kehle hoch, ein Gemisch aus bitterer Kraftlosigkeit und absoluter Glücksverfehlung. Ich verließ meinen Platz und suchte die nächste Toilette. Zum Glück fand ich gleich eine leere Kabine, beugte mich über die Schüssel und übergab mich. Der Schmerz stach mit einer langen Stange in meinem kleinen, plötzlich lächerlich gewordenen Körper umher und zerstückelte alles. Es war, als sei in einer Toilettenkabine der Krieg ausgebrochen, den ich vor zwei oder zweieinhalb Jahren prophezeit hatte, um Nachbarskinder dazu zu bringen, sich von mir zeichnen zu lassen. Nach einer halben Stunde erholte ich mich. Ich richtete mich auf, ordnete mein verschmutztes Kleid und öffnete das Toilettenfenster. Ich wollte das Ballhaus verlassen, unbemerkt und sofort. Statt dessen stützte ich mich in den Schacht des offenen Toilettenfensters und sah in einen leblosen, halb verschatteten Innenhof hinunter, der auf der gegenüberliegenden Seite von einem Haus abgeschlossen wurde, das mit einer schweren Plane verhängt war. Der Wind stieß seitlich in die Plane hinein und brachte ein schönes knatterndes Geräusch hervor. Nach einer Weile erschien im Innenhof ein Mann und stellte eine Aktentasche auf einem Auto ab. Fast gleichzeitig entdeckte ich auf einem Garagendach eine Katze, die ebenfalls, genau wie ich, den Mann beobachtete. Der Mann stellte sich an die Mauer links und begann zu pinkeln. Er pißte lange, und als er fertig war, betrachtete er reglos den kalten Glanz des Urins, der ruhig in die Mitte des Hofes abfloß. Die Katze verharrte in ihrem geschützten Winkel, ich verharrte in meinem geschützten Ausguck. Plötzlich fiel mir eine Situation ein, als Harald mir vor einigen Jahren zum ersten Mal an den Busen gefaßt hatte. Auch damals hatte ich, um das über mich Hereinbrechende auszuhalten, drei Nebenbeschäftigungen gebraucht, die ich noch gut in Erinnerung hatte. Auch jetzt kehrte meine Fassung zurück, indem ich drei Vorgänge wahrnahm, die nichts miteinander zu tun hatten: außer in meinem Kopf, wo sie sich miteinander verknüpften, um mich zu besänftigen. Besonders gefiel mir der lange Blick des Mannes, der sich nur schwer von seiner verrinnenden Pisse trennte. Erst nach Minuten stieg er in ein Auto und fuhr davon. Danach konnte ich die Toilette verlassen. Der Abschlußball war für mich beendet. Ich ließ mir meinen Mantel geben und machte mich auf den Weg nach Hause, zu Fuß. Unterwegs überraschte mich, zum ersten Mal, eine neue Art von Unruhe. Weil ich durch die Beobachtung von drei lächerlichen Ereignissen in einem ebenso lächerlichen Innenhof beruhigt worden war, wußte ich plötzlich nicht mehr, wie wirklich mein Schmerz und meine Eifersucht gewesen waren. Ich fragte mich, ob die Verstrickung ins Unechte vielleicht die einzige Art von Echtheit war, die mir möglich war. Zum ersten Mal seit dem Ende der Kindheit spürte ich das Verlangen, auf die beweglichen Rücken von Schafen blicken zu dürfen. Aber es war nach Mitternacht, ich war allein auf dem Heimweg, und Schafe gab es in meinem Leben schon lange nicht mehr. Kurz darauf heulte ich ein wenig. Zuerst glaubte ich, die Tränen gälten dem Abschied von Dieter, den ich nie wiedersehen wollte. Dann nahm ich an, es seien Tränen über Harald, den ich so lange schon täuschte und ausnutzte und von dem ich mich nun ebenfalls trennen mußte. Dann erst fiel mir ein, daß es Tränen des Verlangens waren, des Verlangens nach der Gleichgültigkeit der Schafe.

Ich zahle und verlasse das Café. Mein Zug fährt in elf Minuten. Ein schieferfarbenes Licht liegt auf der schmalen Straße, die zum Bahnhof führt. Zwei kleine Mädchen, beide mit Lutschern in den Händen, treiben sich zwischen Fahrradständern, Mülltonnen und geparkten Autos herum. Als ich näher komme, treten sie hervor und schauen mich an. Während des Wartens spüre ich einen leichten Kitzel unterhalb des rechten Auges. Ich fasse hin, es ist ein dunkelbraunes, leicht gebogenes Haar, eine Wimper. Von Haarausfall habe ich schon oft gehört, von Wimpernausfall noch nie. Ich will die Sache vergessen, da zieht ein vertrautes Gefühl in mich ein: Die Entdeckung, daß ich das Allerwichtigste entweder überhaupt nie oder erst in letzter Minute oder zu spät erfahre. Ich halte eine Wimper von mir zwischen Zeigefinger und Daumen und möchte sofort wissen, ob es Wimpernausfall gibt oder nicht. Wahrscheinlich leiden Abertausende von Frauen an verschwundenen Wimpern, und ich habe es wieder einmal nicht gewußt. Ein älteres bäuerliches Paar, ganz in Schwarz, kommt die Bahnhofsstraße entlang. Der Mann trägt die Handtasche der Frau, sie stößt beim Gehen gegen seine Knie, es sieht lächerlich aus und doch ernst. Ich wage nicht, der Bauersfrau in die Augen zu sehen. Ich sehe die beiden Mädchen an, die unbedroht und herrlich in der Wimpernfülle leben. Das größere der beiden Mädchen winkt mir. Ich bin gerührt und traue mich nicht zurückzuwinken. An der Geste des Winkens gefällt mir ihre Undeutlichkeit. Es ist nicht klar, was das Winken mitteilen will. Heißt es einfach: Ich sehe dich? Oder meint es: Gleich sehe ich dich nicht mehr? Und liegt darin eine Spur des Bedauerns? Oder ist es eine an alle gerichtete Beruhigung: Seid unbesorgt, ich gehe nicht weg, ich bleibe und lebe wie ihr? In diesem Augenblick bemerke ich, daß die lose Wimper meine Gedanken nicht mehr bedroht. Hinter einigen Arbeitern steige ich in den bereitstehenden Zug.

DAS BÄUERLICHE PAAR sitzt schweigend nebeneinander. Der Mann hält die Handtasche der Frau jetzt auf seinen Knien fest. In Lengfeld steigt ein Mann zu und holt aus einer Aktentasche eine Programmzeitschrift heraus. Ich sehe ihm dabei zu, wie er mit einem Kugelschreiber die Fernsehsendungen ankreuzt, die er sich heute abend anschauen wird. Nach ungefähr einer halben Stunde Fahrt schaudert es mich, daß ich so versessen darauf war, ein paar Schafe zu sehen. Dennoch blicke ich aus dem Fenster und hoffe immer noch, daß plötzlich ein paar von ihnen auf irgendeiner Wiese stehen. Manchmal wache ich nachts auf und bin davon überzeugt, mit nichts und niemandem mehr verbunden zu sein; in besonders bösartigen Nächten glaube ich sogar, ich werde am Morgen nicht mehr sprechen können. Ich weiß, ich träume nicht und ich bin nicht verrückt und bin dennoch ganz sicher, es ist alles wahr, was ich denke. Dabei spüre ich in solchen Nachtstunden nur ein wenig deutlicher als sonst die Empörung gegen mein sinnloses Sehnen und das Verlangen nach *anderen* Erinnerungen. Eine Spur dieser Stimmung ist auch jetzt in mir. Nach einer weiteren Viertelstunde schaukelt der Eilzug langsam in die Hallen des Hauptbahnhofs ein. Etwa zehn Meter weiter links sehe ich einen anderen Zug einfahren. Wie schön wäre es jetzt, wenigstens in zwei Zügen gleichzeitig heimkehren zu dürfen! Kurz nach dreizehn Uhr betrete ich die Bahnhofshalle. Sofort stören mich die Leute mit ihrer unterschiedslosen Eile für alles und jedes und nichts. Ich müßte jetzt den Mut finden, mich zur Reglosigkeit des Alltags zu bekennen, und mit der U-Bahn nach Hause fahren. Statt dessen starre ich auf die Außenfront eines Supermarkts und lasse mich verstören vom Slogan der Woche: »Billig und nah«. Rot auf weiß in großen Lettern auf jedem Schaufenster: »Billig und nah«, sechsmal nebeneinander. Und tatsächlich, alles, was ringsum sichtbar ist, die Häuser, die Geschäfte, die Leute, außerdem alles, was hörbar ist, das Geschwätz, der Lärm, das Gekicher, alles ist billig und nah. Billig, weil nah? Oder nah, weil billig? Dabei weiß ich, das Verletzte in mir gibt mir im Augenblick nicht die Chance einer Klärung. Ein Mann drückt die Preistasten eines Fahrkartenautomaten und wartet dann darauf, wie die von ihm hervorgerufenen Leuchtschriften wieder verschwinden. Das kleine Irresein der Leute ist klar abgehoben von der schweren Verrücktheit eines Mannes, der einzelne Worte laut herumbrüllt. »Atomschlüssel«, hallt es über die Straße, »mein Ottolotto«. Durch Zufall schaue ich in einen Spiegel und sehe meine weiße Haut. Meine Mutter hat sich selbst in die Wangen gekniffen, damit ein wenig Farbe in ihr Gesicht stieg. Wenig später kneife ich mir ebenfalls in die Wangen, zum ersten Mal nicht, um mich über meine Mutter lustig zu machen. Tatsächlich bilden sich zwei blasse rötliche Flecken unterhalb der Augen.

Es rühren mich ein paar Grasbüschel, die zwischen Pflastersteinen herauswachsen. Sie sind niedrig und kraftvoll und sehen doch aus wie Überlebende, die niemand kennt. Wenn ich Mut hätte, würde ich mich bücken und die wahrscheinlich feuchten Halme berühren. Wenn ich mehr Mut hätte, würde ich einen Grasbüschel in der Hand nach Hause tragen und während des ganzen Heimwegs die absolut himmlische Versunkenheit meiner Finger im Gras spüren. Aber ich bin feige und fürchte das Urteil der Leute: Schau, da trägt eine Verrückte einen Grasbüschel durch die Gegend. Nicht weit von den Grasbüscheln liegt ein ebenfalls feuchtes Telefonbuch. Ich bleibe stehen und betrachte das ein bißchen aufgequollene Ding, und plötzlich bemerke ich, daß mich das Telefonbuch an das Meer erinnert. Nur in seiner Nähe bin ich davon erlöst, immerzu um mich besorgt sein zu müssen. Ich bücke mich und nehme das Telefonbuch mit. Kurz bevor ich meine Wohnung erreiche, lege ich es so auf den Bürgersteig, daß ich es von meinem Fenster aus gut sehen kann. Kaum bin ich oben im Zimmer, blicke ich auf das Ufer herunter. Grau und schwer wie ein kleines Stück Meer liegt das Telefonbuch an einer Hauswand.

AM FOLGENDEN MORGEN sehe ich vom Fenster aus ein paar Kinder, die das Telefonbuch herumkicken. Es geht nicht kaputt, obwohl die Kinder kräftig nach ihm treten. Wenn es geöffnet daliegt, sind die Tritte heftiger. Vermutlich entzündet sich die Erregung der Kinder an der besonderen Kläglichkeit, mit der das Papierbündel auf dem Gehweg entlangschrammt. Ich wundere mich, daß ich mich freue, das zerfledderte Ding wiederzusehen. Nach einiger Zeit verlieren die Kinder das Interesse. Später, beim Einkaufen, bücke ich mich, nehme das Telefonbuch erneut an mich und trage es mit nach Hause. In der Nacht hat es wieder geregnet, das Telefonbuch hat viel Nässe aufgesaugt. Nur tief im Inneren ist es noch ganz trokken. Es gefallen mir die zur einen Hälfte trockenen, zur anderen Hälfte nassen Seiten. Der Einband ist zerrissen und verschmutzt, viele Seiten sind verloren oder hängen wie Fetzen heraus. Ich beschließe, das Telefonbuch in der Küche liegen zu lassen und jeden Tag nachzuschauen, wie schnell oder wie langsam die Nässe verschwindet. Aber schon am Frühabend habe ich das Gefühl, daß mich das Telefonbuch nur tröstet. Dann kommt eine fürchterliche Minute. Ich sitze da und erlebe eine der Stimmungen, die mich bis dahin immer nur nachts überfallen haben. Ich starre auf das Tischtuch und bin nicht ganz sicher, ob nicht soeben die erste Minute einer Verrücktheit in mich eindringt. Das halbnasse Telefonbuch! Es liegt vor mir auf dem Küchentisch und sagt: Kleine Frau, in diesem Augenblick hast du die Grenze zum Nichts, zur Schwärze, zum Tod überschritten. Wer nimmt schon ein halbnasses Telefonbuch mit nach Hause? Alle werden denken müssen, die Frau ist übergeschnappt. Die Frau schnappt nicht über. Für kurze Zeit entgleitet mir das Gefühl der Zuständigkeit für mich selbst. Ich stehe und sitze herum, warte, schaue, denke nichts. Lauter kleine Anzahlungen an den Tod. Nach drei Minuten ist alles vorbei.

NACH DREI TAGEN ist das Telefonbuch trocken. Es sieht jetzt schöner aus als zuvor. Die Seiten haben nicht nur ihr Druckgrau verloren; sie sind durch die Waschung des Regens erstmals fast hell geworden. Ich stecke das Telefonbuch in eine Plastiktüte und verlasse die Wohnung. Unterwegs komme ich an der Wäscherei vorbei, in der seit ein paar Wochen eine dunkelhäutige Frau arbeitet. Sie lacht die Leute an und öffnet dabei den Mund, obwohl ihr viele Zähne fehlen. Ich erschrak, als ich es zum ersten Mal sah. Dann beneidete ich die Frau. Eine halbe Minute lang glaubte ich wieder an Märchen. Vielleicht gibt es doch ein Land, dachte ich, in dem es den Menschen leicht ist, mit allem Verschwundenen zu leben, und hoffentlich erschreckt die Fremde nicht, wenn sie bemerkt, daß wir uns für alles Fehlende schämen, für jedes Jahr, für jede Hoffnung, für alles, sogar für Zähne. Wenig später lasse ich das Telefonbuch in einem Papierkorb nahe der Bushaltestelle verschwinden.

III

VERLANGE ICH EIN ROGGENBROT, sagt die Bäckersfrau: Am letzten Freitag haben Sie Vollkornbrot genommen. Betrete ich freitags ihren Laden, sagt sie: Vorige Woche waren Sie am Dienstag hier. Und kaufe ich samstags ein paar Brötchen, ruft sie aus: Ich habe auch noch Roggenbrot da. Erst heute kommt mir ein Zufall zu Hilfe, der mir die Reaktionen der Bäckersfrau erklärt. Ich will den Laden gerade verlassen, da tritt ein junger Mann ein. Sogleich ruft ihm die Bäckersfrau entgegen: Ihre Laugenbrötchen liegen vorne rechts. Der junge Mann nimmt die kleine Tüte, zahlt passend und geht hinaus: wortlos. Der Ablauf verrät mir endlich, daß die Bäckersfrau auch von mir wissen will, und zwar im voraus und ohne Abweichungen, an welchen Tagen ich welches Brot und welche Brötchen will. Mein eigenes Verhalten (ich kaufe, worauf ich Lust habe, wo ich nicht warten muß oder wo mich ein überraschendes Detail lockt) wird von ihr vielleicht wahrgenommen, aber nicht gebilligt. Sie schätzt, was mich schreckt: die Automatisierung des Alltags, von der ich nie geglaubt hätte, daß sie eines Tages in diesem kleinen Laden ankommen könnte.

Ein etwa dreizehnjähriger Schüler lehnt an einer Schaufensterscheibe. Er trägt eine golden schimmernde Pappkrone von McDonald's im Haar und ißt Pommes frites. Von Zeit zu Zeit dreht er den Kopf und betrachtet in der Schaufensterscheibe sein Abbild. Nach dem vierten oder fünften Versuch entdeckt er, daß nichts an ihm königlich ist, trotz der Krone. Nach der Enthüllung hört er auf zu essen und steht reglos herum. Aber er findet nicht die Spur der ihm plötzlich zugefallenen Zeit, die ihm allein gehören könnte. Er wirft die Pappkrone weg und streut die Pommes frites den schon wartenden Tauben hin. Dann zieht er sich einen Walkman über die Ohren und peitscht sich ein neues Versprechen in den Kopf.

WENIG SPÄTER DER WUNSCH, einmal verrückt zu sein. Eine halbe Stunde lang, das müßte genügen. Ich bin bereit, dafür ein Jahr meines Lebens herzugeben. Schon lange weiß ich, was ich in dieser halben Stunde tun würde: Ich möchte kleine Gegenstände an Vorübergehende verteilen. Ein Salatblatt, ein Zuckerstück, ein Bauklötzchen. Aber es klappt nicht, ich werde nicht verrückt. Ruhig und unauffällig gehe ich umher und nehme entgegen, was andere an mich austeilen: Werbezettel, Warenproben, Drucksachen.

Ich sehe eine leicht abfallende Straße hinunter und entdecke an ihrem Ende ein hell erleuchtetes Café. Erst nach zehn Minuten Gehweg erkenne ich, daß das Café kein Café ist, sondern ein neues Möbelgeschäft. Zum Glück kommt gerade ein Kind vorüber, das eine Kordel hinter sich herzieht, an deren Ende ein Glasstück befestigt ist. Die Scherbe springt auf dem Bürgersteig hin und her und gibt bei jedem Aufschlag einen hellen Ton von sich. In den verschwindenden Klangsplittern löst sich die enttäuschte Verwirrung über das nicht vorhandene Café. Erst danach trifft mich der schon fast abgewehrte Schreck über meine nachlassende Sehschärfe. Auch für diese Entdeckung brauche ich den Trost der Scherbe. Ich drehe mich um und suche das Kind, aber ich sehe es nicht mehr.

Das Mammamia, ein italienisches Lokal, hat einen neuen Kellner. Er beschwindelt die Leute, die er bedient. Vorige Woche habe ich ein Risotto bestellt, das laut Speisekarte zwölf Mark kostet, aber er hat dreizehn fünfzig dafür genommen. Und für das Glas Rotwein, für drei fünfzig angeboten, hat er fünf Mark kassiert. Nach der ersten Empörung habe ich ihn genauer angesehen und fand, daß er nicht aussieht wie ein Betrüger. Vielleicht ist seine Familie gerade in Not, und er schwindelt nur vorübergehend. Oder er gaunert nur bei mir. Vielleicht hat er angenommen, daß ich den Betrug nicht bemerke, weil ich vor und während des Essens Zeitung gelesen habe. Kurz danach betraten zwei halbwüchsige Bettlerinnen das Lokal. Aber sie kamen nicht weit. Der betrügerische Kellner verscheuchte die beiden mit kränkender Herablassung. Er wedelte sie mit einer schmutzigen Serviette aus dem Raum, als seien sie Fliegen oder Kälber. Dabei zeigte er nicht nur, daß er die Vorgänge der Vertreibung beherrsche; er tat außerdem so, als geschehe die Vertreibung im Auftrag der Gäste. In diesem Augenblick beschloß ich, mir den Kellner näher anzusehen.

IN DER MARKTHALLE treffe ich Frau Marquardt, die Sekretärin unseres Direktors. Sie begrüßt mich lebhaft und fängt dann an, auf ihre Mutter zu schimpfen. Ich soll einen neuen Fernsehapparat für sie kaufen! ruft sie aus. Ausgerechnet ich! Kann Ihre Mutter das nicht selber tun? frage ich. Sie kann, aber sie will nicht, sagt Frau Marquardt. Und während sie die Hilflosigkeit ihrer Mutter beschreibt, die sie eine gespielte Hilflosigkeit nennt, fallen mir die letzten Stunden meiner Mutter ein. Als sie im Sterben lag, nahm ihr eine Krankenschwester das Gebiß aus dem Mund. Einmal wachte Mutter kurz auf und entdeckte mich neben dem Bett. Sie wollte mich begrüßen wie immer, aber da bemerkte sie, daß sie nicht sprechen konnte. Sie sah mich voller eben entstandener Scham an und überspielte, daß sie ohne Zähne war. Plötzlich wußte ich, daß uns das Sterben, bevor es uns alle gleichmacht, so vollständig verrät, wie wir von keinem Menschen verraten werden können. Ein paar Sekunden lang drängt es mich, für Frau Marquardt einzuspringen und an ihrer Statt den Fernsehapparat zu kaufen. Vielleicht könnte ich mit diesem Vorschlag den von der Tochter eben begonnenen und jetzt schon munter sprudelnden Verrat stoppen. Aber es ist, als sei meine Stimme tief in den Hals gerutscht; auch auf inneres Zureden läßt sie sich nicht ein.

SEIT EIN PAAR TAGEN gibt es neue Telefonbücher. Mit gezückten Benachrichtigungskarten betreten die Leute das Postamt und verlassen es wenig später mit neuen, wie immer hellgelb gebundenen Büchern. Die meisten Besucher drängen durch die mittlere Tür, die allein für Behinderte reserviert ist. Die Behindertentür ist nur geringfügig breiter als die anderen Türen. Ich warte am Ausgabeschalter und sehe, daß von zehn nicht behinderten Postbesuchern mindestens sieben den Behinderteneingang benutzen. Das kann nur heißen, auch an den Gesunden zehrt die Überzeugung, sie seien behindert, und nur hier, von einer segensreichen Tür, gibt es dafür eine flüchtige Anerkennung. Wenig später verlasse auch ich die Post durch den Behindertenausgang. Und wirklich, für die Dauer einiger Körperbewegungen verwandelt sich mein Zitadellengeschick in ein sowohl weithin verbreitetes als auch allgemein anerkanntes Leiden, das hier von einer wundersamen Extratür drei Sekunden lang gemildert wird.

Seit Wochen mehren sich die Zeichen, daß Helmuth sein Begehren demnächst einstellen wird. Wenn wir zusammen sind, ist er immer öfter kleinlaut und folgsam, manchmal fast devot. Helmuth wird in diesem Winter dreiundfünfzig Jahre alt, und wahrscheinlich ist sein Rückzug nicht ungewöhnlich. Wer altert, wird noch einmal schüchtern, das weiß ich von mir. Besondere Unruhe verursacht ihm vermutlich das Problem, ob er durch die beginnende Abstinenz nur das Verlangen nach Sexualität verliert oder gleich das Interesse an meiner ganzen Person. Oder, noch schlimmer, ob er auch für mich belanglos werden könnte. Ich kann diese Fragen nicht beantworten, und insofern hätten wir Grund, über sie zu sprechen. Wir müßten uns dann allerdings eingestehen, daß alle Erfahrung, auch die sexuelle, nutzlos war, weil sie an Defizite dieses Kalibers nicht heranreicht. Und diese Voraussetzung ist für einen rechnenden Menschen wie Helmuth, der immer mit moralischem Anliegen geliebt hat, unannehmbar. Bis heute hat Helmuth kein Verhältnis zur Vergeudung finden können. Während seiner Liebeszeit verging gleichzeitig seine Lebenszeit, und von dieser Verausgabung wollte er stets sicher sein, daß sie eine sinnvolle Verausgabung war, wenn sie schon eine Verausgabung sein mußte. Wir müßten mit der Überzeugung von überraschend Verarmten davon ausgehen können, daß all unsere Hingabe zu keinerlei Liebesverfestigung geführt hat, ja, daß Leidenschaft eine Beschäftigung ohne jeden Ertrag ist. Ich habe es ein wenig einfacher als Helmuth; weil ich Enthüllungen immer näher war als Illusionen, könnten mir solche Geständnisse leichter von den Lippen gehen. Aber die Mathematik unserer Paarung verhindert auch diese Erleichterung; ich muß Helmuths moralische Bedürfnisse schonen und deshalb, zumindest vorerst, den Mund halten.

Die U-Bahn ist voll, die Menschen stehen Rücken an Rücken und Schulter an Schulter, die Hände fest um die Haltestangen geklammert. Die Menge drückt mich gegen die Plattformwand, mein Gesicht befindet sich in Höhe eines dort angebrachten Textes mit der Überschrift VERHALTEN BEI BETRIEBSSTÖRUNGEN. Ich fange an zu lesen und bleibe gleich bei dieser Zeile hängen: DAS ERLÖSCHEN DER BELEUCHTUNG BEDEUTET KEINE GEFAHR. Die U-Bahn fährt, ich denke: DAS ERLÖSCHEN DER ERINNERUNG BEDEUTET KEINE GEFAHR, die Beleuchtung erlischt nicht, ich denke: DER BEGINN DER ZERSTÜCKELUNG BEDEUTET KEINE GEFAHR, eine Betriebsstörung ist nicht zu erwarten, ich denke: DIE ERINNERUNG DES ERLÖSCHENS BEDEUTET KEINE GEFAHR, die U-Bahn verschwindet sicher und fast lautlos in einem Fahrschacht, ich denke: DIE GEFAHR DES ERLÖSCHENS BLEIBT OHNE ERINNERUNG, die Bahn verläßt den Schacht, ich denke: DAS ERLÖSCHEN IST DER BEGINN DER GEFAHR, die Bahn hält an, ich denke: DAS ERLÖSCHEN DES VERHALTENS BLEIBT OHNE ERINNERUNG, dann erst, draußen auf dem Bahnsteig, verläßt mich der Schwindel der Worte.

Diesmal bin ich mit Helmuth im »Mammamia«; wir wollen sehen, ob der Kellner auch ihn betrügt. Das Essen war wie immer ausgezeichnet, und wir zahlen getrennt. Sie hatten Tortellini alla panna und ein Wasser, neun fünfzig und drei macht zusammen zwölf fünfzig bitte, sagt der Kellner zu Helmuth. Und Sie, sagt er und wendet sich zu mir, hatten eine Pizza grande macht elf fünfzig und einen Wein macht fünf und ein Wasser macht drei zusammen neunzehn fünfzig. Ich lege einen Zwanzigmarkschein hin und sage: Ist in Ordnung. Der Kellner nimmt das Geld und verschwindet. Mich hat er wieder betrogen und dich nicht, sage ich zu Helmuth; hast du dafür eine Erklärung? Zunächst nur eine banale, antwortet Helmuth. Mit den einen kann man es machen, mit den anderen nicht? frage ich. So ähnlich, sagt Helmuth; hast du eine bessere? Seine Hast hat mich auf die Idee gebracht, daß er sich verachtet, sage ich. Allerdings kann er seine Verachtung schon lange nicht mehr ertragen; deswegen gibt er sie an andere weiter: Indem er sie betrügt, macht er sie ebenfalls verächtlich und damit sich selber ähnlich. Das klingt gut, sagt Helmuth. Aber du glaubst es nicht? frage ich. Es ist zu ausgedacht, sagt Helmuth. Ist das ein Argument? frage ich; Wahrheit liegt doch selten an der Oberfläche. Und jetzt? fragt Helmuth; willst du die Sache nicht aufklären? Du hast mich als Zeugen, die Rechnung liegt noch auf dem Tisch. Es entsteht eine Pause. Wenn deine These stimmt, sagt Helmuth, bist du eine von einem Mann schon mehrfach verächtlich gemachte Frau. Wahrscheinlich stimmt meine These nicht, sage ich. Gibt es dafür einen Anhaltspunkt? Der Kellner sieht zu unserem Tisch herüber. Ich habe das Gefühl, er bemerkt, daß von ihm die Rede ist. Es irritiert mich, sage ich, daß ich nicht böse auf den Kellner bin. Was bedeutet das? Ich bin noch nicht fertig mit dem Kellner, sage ich; beim nächsten Mal werde ich wieder allein hier sein.

Im Fernsehen sehe ich einen Fischadler, er gefällt mir sehr. Einsam und ruhig kreist er über dem See. Plötzlich fährt er die Krallen aus und läßt sich auf die Wasseroberfläche nieder. Er taucht nur kurz in das Wasser ein, dann flattert er wieder hoch. Und in seinen Krallen windet sich ein Fisch so kräftig, daß der Adler Mühe hat, Höhe zu gewinnen. Schließlich schafft ihn der Adler doch weg und gibt ihn erst in seinem Nest wieder frei, wo er von vier Adlerjungen in Windeseile zerfetzt und gefressen wird.

BEIM ARZT, IM WARTEZIMMER, sagt eine alte Frau zu einer anderen: Den ganzen letzten Winter hab ich die Wohnung nicht verlassen! Ich schaue die Frau an und überlege, ob sie schwindelt oder nicht. Tatsächlich trägt sie einen heruntergekommenen Mantel, in dem sie vielleicht auch schläft. Ihre Wollmütze wirkt wie auf dem Kopf festgewachsen. Und ihr Gesicht sieht aus, als würde es nicht mehr richtig wach werden können. Schon bin ich fast sicher, ich werde Helmuth heute abend vom monatelangen Angstschlaf einer Frau erzählen. Ich warte auf die nächsten Sätze der Frau, aber da beginnt ein junger Mann, sich die Fingernägel zu schneiden. Mit einer kleinen blitzenden Zange bringt er immer wieder ein knakkendes Geräusch und dann das endgültige Verstummen der Unterhaltung hervor. Am meisten wundert mich die Ruhe, mit der die Menschen ihrem Tod entgegenleben. Ich selbst halte diese Ruhe nur deshalb ein, weil ich durch das Schweigen der anderen seit langer Zeit an sie gewöhnt bin. Dennoch bin ich darauf gefaßt, daß die Übereinkunft der Stummheit eines Tages gebrochen wird. Sollte, zum Beispiel, die Alte mit der Wollmütze das über sie verhängte Elend nicht länger aushalten können und plötzlich losschreien, dann, glaube ich, werde ich mitschreien.

VERMUTLICH HABE ICH MICH GEIRRT. Helmuth stellt sein Begehren keineswegs ein; er spezialisiert sich mehr und mehr auf eine Vorliebe. Wenn er mit mir schlafen möchte, dreht er mich neuerdings nur um und dringt von hinten in mich ein. Das wird jetzt die einzige Melodie, die von ihm kommt. Ich fühle mich ein bißchen wie in der Schule, wenn ich nicht weiß, was ich erlauben soll und was nicht. Sexualität war für mich immer auch das Sehen von Sexualität. Nur die von den Augen mitverfolgte Verausgabung bringt die Außerordentlichkeit hervor, die das Verlangen braucht, um seine eigene Wiederholung zu wünschen. Damit ist es jetzt offenbar vorbei, jedenfalls für mich. Wenn es soweit ist, baut sich Helmuth hinter mir auf, und ich stecke den Kopf in das Dunkel der Kissen. Gegen meinen Willen schließe ich die Augen und überstehe Helmuths Überfall in einer Stimmung des Wartens.

AM NEBENTISCH VERSUCHT ein Sozialarbeiter, einen geistig Behinderten zu füttern. Immer wieder schiebt der Helfer die Gabel unter das Gemüse und hebt sie empor zum Mund des Behinderten. Und immer wieder verfehlt ein zwar fast immer offener, aber nicht steuerbarer Mund die vor seinen Lippen schwebende Gabel. Erneut fallen die Karotten und die Erbsen zurück in den Teller. Unverzüglich präpariert der Sozialarbeiter eine neue Portion und wartet auf ein paar günstig scheinende Augenblicke. Aber dann, als der Behinderte auch noch beginnt, sein Spielzeugauto in den Teller zu stellen und zwischen den Erbsen und Karotten damit herumzufahren, verliere ich die Geduld mit der Geduld des Helfers. Ich zahle und verlasse rasch das Lokal. Erst draußen bemerke ich, daß ich in der Eile meine Mütze vergessen habe. Ich blicke zurück und sehe sie drinnen an der Garderobe hängen. Ich sollte keine weitere Minute verstreichen lassen, aber es überfällt mich wieder ein Zögern, ich bleibe stehen und betrachte die Mütze, und dann habe ich das Gefühl, sie gehört mir nicht mehr. Es ist mir nicht möglich, in das Lokal zurückzukehren.

Am Spätnachmittag, im langsam einsetzenden Dunkel, dringen Kehrgeräusche in meine Wohnung. Sie kommen von einer alten, ausländischen Flüchtlingsfrau, die seit ein paar Wochen in einer der Dachwohnungen lebt. Zweimal in der Woche kehrt sie den Hof. Ich sitze im rückwärtigen Zimmer und spüre, welche Sanftheit das regelmäßige Kehrgeräusch hervorbringt. Es ist, als sei mir die Beruhigung, die aus ihm hervorgeht, seit alters vertraut. Die Frau benutzt ein dickes, gebrauchtes Weidenrutenbündel, das sie aus ihrer Heimat mitgebracht hat. Ich nehme an, sie hat auch zu Hause einen jetzt verlassenen, wahrscheinlich zerstörten Hof regelmäßig gekehrt und kann von dieser Gewohnheit nicht lassen. Außerdem gibt es, ebenfalls erst seit kurzem, im Hinterhaus gegenüber ein Fenster, in dem abends das Zimmerlicht rasch an- und ausgeschaltet wird. Meine Sehkraft reicht nicht aus, um Einzelheiten in dem Zimmer zu erkennen. Wahrscheinlich schlägt ein Mann eine Frau oder eine Frau ein Kind, und das an- und ausgehende Licht ist ein Hilferuf. Dennoch halte ich mich an das milde Kehrgeräusch und denke sonderbar ruhig: Schlagt euch! Meinetwegen! Macht immer so weiter!

Auf der Alten Brücke fällt mir der Fischadler wieder ein. Es regnet stark, der Wind schlägt mir, vermischt mit Nässe, ins Gesicht. Ohne Absicht öffne ich die Lippen, der Regen trifft mich ins Mundinnere, und plötzlich ist mir, zwei Sekunden lang, als würde ich aus einem See gefischt und weggetragen und von nie gesehenen Wesen zerfetzt.

Es ist früher Abend, ich bin ohne Helmuth im »Mammamia«. Der betrügerische Kellner steht an der Theke und hat wenig zu tun; nur vier Tische sind besetzt. Der Ober hat mir ein tadelloses Ossobuco serviert und wird mir in Kürze ein zweites Glas Soave bringen. Von Zeit zu Zeit streift der Kellner durch das Lokal und rückt Stühle zurecht. Nein, er rückt sie nicht zurecht, denn sie stehen richtig. Dennoch schiebt er immer wieder den einen oder anderen Stuhl nach dahin und dorthin. Manchmal faßt er nur die Lehnen an und erschrickt ein wenig. Es ist, als fiele ihm plötzlich auf, daß er nur noch leere Gesten hervorbringt. Wortlos stellt er den Soave bei mir ab und verschwindet auf der Toilette. Mir fällt ein, wie ich als Kind, mit fünf oder sechs, an den Geldbeutel der Mutter ging und mir zwei oder drei Groschen nahm. Ich brauchte das Geld nicht, aber ich war so verstört über die Langeweile der Wohnung und der Welt und der Kindheit, daß ich mir nur durch kleine Diebstähle lebendiger vorkam. Schon nach wenigen Minuten fühlte ich mich schlecht und verschwand, wie der Kellner, in der Toilette. Wenig später will ich zahlen, und ich ahne, daß ich auch diesmal betrogen werde. Mit frisch beschwichtigter Trauer verläßt der Kellner die Toilette und bestraft mich mit vier Mark dafür, daß ich ihn für die Dehnung meiner Kindheit benutzt habe.

ICH LIEGE NEBEN HELMUTH im Bett und höre auf die schwachen Geräusche aus den Nachbarwohnungen. Helmuth erzählt weitschweifig von seinem toten Vater. Es gelingt mir kaum, ihm zuzuhören. Wieder einmal beschäftigt mich die Frage, ob nicht genau dieses undeutliche Dahinleben, das ich mit Helmuth teile, die einzig mögliche Form menschlicher Bindung ist. Die Langeweile ist offenbar so unabwendbar wie der Tod. Vielleicht ist sie sogar sein Schatten, der lange vor dem wirklichen Tod in das Leben hineinragt. Das langsame Aufmerksamwerden auf den Tod durch die ihm vorausgehende Langeweile könnte der Grund dafür sein, warum Menschen die Langeweile genauso heftig von sich weisen wie den Gedanken an ihr einstiges Sterben. So ungefähr denke ich, als sich Helmuth aufrichtet und meinen Körper mit zwei oder drei Handbewegungen umdreht. Mit über dem Kopf verschlungenen Armen liege ich wenig später in den Kissen und denke nichts mehr. Zufällig drehe ich den Kopf nach links zu dem Schrank mit den hohen Glastüren. In der linken der beiden Scheiben spiegelt sich Helmuths hohe Gestalt. Ich sehe Helmuths so starr wie fasziniert nach unten gerichteten Blick. Er schaut auf die ineinandersteckenden Geschlechter, die ich so niemals habe sehen können. Warum sollte ich mir verheimlichen, daß Helmuths Gesichtsausdruck kämpfend ist? Ich sehe, wie er darunter leidet, daß ihn Wiederholungen kompliziert gemacht haben und daß er einen Teil dieser Kompliziertheit durch ein neues, schamloses Schauen ausgleicht. Sofort begreife ich, daß es zu meinen Aufgaben gehören wird, diese Schamlosigkeit nicht zu bemerken und nicht über sie zu sprechen. Jetzt ist auch klar, warum Helmuth neuerdings länger braucht. Er hat begonnen, seine Lust an der Geschlechtlichkeit um die Lust an der Betrachtung der Geschlechtlichkeit zu erweitern, und die zweite Lust kann er länger halten als die erste. Er ist so beschäftigt, daß er meine kurzen, seitlich aus den Kissen herausblitzenden Erkundungen nicht bemerkt.

Ein schöner, von ältlichen Sonnenstrahlen halbwegs durchwärmter Tag. Nächste Woche ist Oktober, dann wird es von einem Tag zum anderen nur noch kalt und naß sein. Ich bin in der Nähe des Lokals, in dem ich meine Mütze vergessen habe. Ein kleiner Hund, der seine Leine neben sich herschleift, geht an mir vorbei. Dem Hund folgt eine Frau, vermutlich die Besitzerin. Sie redet mit dem Tier und betrachtet dabei die auf dem Boden schleifende Leine. Auch ein Kind schaut dem Hund nach; es geht rückwärts und ißt dabei ein halbes Brötchen. Ein Hochzeitspaar, das von einem Mann gefilmt wird, kommt mir entgegen. Braut und Bräutigam tun so, als hätten sie schon immer gewußt, daß sie von diesem Tag an ein wenig schauspielern werden. Das Paar geht an mir vorbei, mein Rücken wird auf irgendeinem Hochzeitsfilm erscheinen. Da sehe ich hinter frisch geputzten Scheiben meine Mütze hängen. Ich freue mich, sie wiederzusehen, aber es ist klar, daß sie mir nicht mehr gehört. Ich will sie auch nicht zurückhaben. Von meiner Zitadelle aus schaue ich auf das Fernereignis meines zukünftigen Verschwundenseins und auf das kleine Zeichen, das es von diesem jetzt schon gibt: auf meine aufgegebene Mütze.

Heute mag ich meine Stimme nicht. Sie hat vorübergehend etwas Kratzendes, ja Krächzendes angenommen. Ich gebe mir Mühe, das Aufgerauhte zu unterdrücken oder auszuschalten, aber es gelingt nicht. Zum Glück ist es mir leicht möglich, stundenlang zu leben, ohne zu sprechen. Beim Einkaufen deute ich wie ein Ausländer mit den Fingern auf die Sachen, die ich haben will; es klappt ausgezeichnet, man kommt mir entgegen. Die Leute in den Geschäften halten mich für eine maulfaule Hysterikerin, denke ich, und solche Frauen soll man bevorzugt behandeln, dann ist man sie schnell wieder los. Natürlich können die Leute nicht wissen, wie es ist, wenn man sich von der eigenen Stimme verhöhnt fühlt. Die meisten Menschen um mich herum sind sehr jung; sie zwitschern wie kleine Vögel, ich höre ihnen gern zu.

Von einer Nachbarin habe ich mir ein Fernglas ausgeliehen; es ist ein älteres Modell, funktioniert aber prächtig. Seit ein paar Minuten blinkt wieder das Zimmerlicht im Hinterhaus gegenüber. Ich bin auf eine Katastrophe gefaßt, aber dann zeigt sich ein unerwartet sanftes Bild. Ich sehe ein Kind, einen Jungen, etwa acht oder neun Jahre alt. Er trägt einen Schlafanzug und sitzt auf einem Stuhl mit dem Rücken zur Wand. Mit der rechten Hand betätigt er den Lichtschalter und schaut, während das Licht an- und ausgeht, aus dem Fenster. Ich verstehe, das Lichtritual ist eine Art Unterhaltung, vielleicht auch ein Trost vor dem Zubettgehen. Zugleich bildet sich der Junge ohne seinen Willen zu einem Experten der Sehnsucht aus, aber davon weiß er noch nichts. Oder doch? Wenig später setzt das Kehrgeräusch im Hof ein. Es ist wie die Begleitung eines Verlangens nach irgend etwas, das nie auf der Welt war. Der Junge kann es sicher hören. Er müßte fähig sein, das Licht in seinem Zimmer, sein Schauen aus dem Fenster und das Kehrgeräusch miteinander zu verknüpfen; dann wäre er ins erste Lehrjahr der Sehnsucht eingetreten.

NACH UNGEFÄHR EINER STUNDE zahle ich. Endlich habe ich die letzten Verordnungen des Kultusministeriums gelesen und dabei nicht bemerkt, daß es für das Draußensitzen fast schon zu kühl ist. Kaum habe ich das Café verlassen, eilen die Kellner heraus und räumen von den Tischen die Aschenbecher, Zuckerdosen und Plastikblumen ab. Jetzt ziehen sie die Tischdecken herunter, schieben die Tische zusammen und türmen sie in der Mitte aufeinander. Jetzt kommen die Stühle dran. Die drei jungen Männer stecken sie zu Säulen ineinander und binden das Ganze mit Eisenketten zusammen. Aus der Unschuld des Cafés ist im Handumdrehen ein sonderbares Tisch- und Stuhlgebirge geworden. Als die Kellner bemerken, daß ich die Verwandlung des Cafés in die Erinnerung an ein Café zu langsam oder überhaupt nicht begreife, zeigen sie mir ein lautlos feixendes Lächeln.

IM SCHAUFENSTER LIEGEN sie jeden Tag nebeneinander, fein auf Eisbröckchen gebettet, gestreckt, die Flossen dekorativ zur Seite gebogen, die Köpfe nach oben: tote Makrelen, tote Schellfische, tote Forellen, tote Heringe und ein toter Heilbutt. Als Kind haben mich tote Fische besänftigt und zugleich beflügelt. Endlich, dachte ich damals, haben sie eine Wohnung und müssen nicht mehr obdachlos durch die Meere ziehen! Ich freute mich an ihren silbrigen Köpfen und an den blaugrün schimmernden Leibern. Ich brauchte sie nur kurz anzusehen, dann wußte ich, daß ich selbst immer das Weite suchen würde. Heute frage ich mich, ob es einen einzigen Fisch gibt, der gestorben ist, weil er alt war und nicht weiterwollte. Und wie geht das vor sich, wenn ein Fisch nach Art der Fische stirbt? Sucht er dann den Grund des Meeres auf und legt sich nieder? Oder wie? Ich bin sicher, es gibt keinen einzigen Fisch, in allen Meeren nicht, der wie ein Fisch gestorben ist. Sie wissen nicht einmal, daß sie immer nur von einem Tag zum anderen leben. Deswegen sehen sie auch als Tote so hellwach und alarmiert aus. Auch jetzt wieder! Die offenen Kiemen! Die aufgerissenen Augen! Die schnappend geöffneten Lippen!

Neben dem Eingang eines Kaufhauses stehen eine Frau und ein etwa zwölfjähriges, dickliches Mädchen. Die Frau betrachtet einen Sonderposten billiger Kinderhandschuhe und beginnt, dem Mädchen dieses und jenes Paar anzuprobieren. In mir zuckt die Lockung, selber ein Paar Kinderhandschuhe anzuziehen und dabei die plötzliche Nähe dieses oder jenes verschollenen Augenblicks zu spüren. Die Verkäuferin lächelt mich an, sie sieht meine kleinen Hände und findet mein Interesse angemessen. Doch im Augenblick, als ich ein Paar rote Strickhandschuhe überziehe, sehe ich, daß das Mädchen neben mir eine Mongoloide ist, ein reglos dastehendes Wesen mit tiefhängender Unterlippe, vorgelagerter Zunge und kleinen runden Äuglein. Und obwohl die Blicke, die mich treffen, blöde sind, so nehmen sie doch Anstoß daran, daß sich eine Erwachsene in den Welten vergreift. Auch die Frau schaut jetzt auf und entdeckt meine harmlose Narretei, der ich nur entkomme, indem ich die Strickhandschuhe peinlich rasch ausziehe und schnell verschwinde.

Dicht vor mir, an einer Ampel, hält eine tränenüberströmte Radfahrerin. Ich sehe direkt in ihre geröteten Augen und kann ein Lachen doch nicht unterdrücken. Der Sehschlitz im Sturzhelm der Radfahrerin gibt den Ausdruck des Weinens zwar frei, macht ihn aber zugleich lächerlich, weil er ihn vom übrigen Gesichtsfeld grotesk abtrennt und ihn außerdem mit einer peinigenden Gummileiste einfaßt. Ich sehe, mein kurzes Lachen empört die Radfahrerin, aber sie kann mich durch die Umhüllung des Helms hindurch weder zurechtweisen noch fragen. Sie darf sich auch nicht die Zeit nehmen, den Helm abzulegen, denn eben springt ihre Ampel auf Grün und zwingt sie zum Weiterfahren: Da gleitet er hin, der Schmerz als neuartige Lachnummer.

Oft gehen unseren Paarungen eigentümlich leere Minuten voraus, die mir gut gefallen. Es scheint dann für eine Weile, als sei nicht ausgemacht, daß wir gleich ineinanderstecken, als wüßten wir nicht einmal, was zu tun ist. Wir sehen dann wartend umher, schauen uns flüchtig und schweigend an, wir setzen uns dahin und dorthin und fangen Sätze an, die wir nicht beenden. Mir fällt eine Frau ein, die gestern in der Metzgerei ein Viertel Herzwurst verlangt hat. Ich erschrak über das Wort und sah die Frau an, die es ausgesprochen hatte. Wenig später empörte ich mich über das Wort, es war lächerlich, weil ich zugleich spürte, daß ich mich schon an das Wort gewöhnte, indem ich mich gegen es auflehnte. Erst draußen flammte die Empörung noch einmal kurz auf. Verbietet niemand das Wort Herzwurst? flüsterte ich mir selber zu, sehr leise, ich hörte es kaum. Ich überlege, ob ich Helmuth die kleine Geschichte erzählen soll, aber da bin ich schon auf dem Weg in die Kissen zu meiner neuesten Zitadelle. In der Scheibe des Wandschranks sehe ich, daß Helmuth keinen Moment seines Eindringens verpaßt. Vermutlich sind diese Anblicke eine Art Versicherung, die Helmuth neuerdings braucht, ein Pfand gegen alle Drohungen des Verlusts. Die Vorstellung des Pfands gefällt mir gut, weil in ihr auch die Idee der Treue liegt. Dennoch zieht ein kleines Grauen in mich ein. Es ist Helmuth, der meine Angst vor dem Verschwinden verstärkt. Da fällt mir meine Mütze ein. Jetzt hängt sie wenige hundert Meter von hier entfernt in einem sicher verdunkelten Raum. In Kürze werde ich wieder nach ihr sehen! Meine Stimmung wird freundlich, ich bin verwundert, daß es immer wieder neue Einzelheiten gibt, die mich zurückrufen. Wenig später trennt sich der erschöpfte Helmuth von mir und sinkt neben mir nieder, ich schaue mit frisch geretteter Laune auf ihn und überlege, nein, ich überlege doch nicht, ob ich ihm von der Mütze erzählen soll.

Ich will weggehen, nur kurz in die Änderungsschneiderei um die Ecke, da überwältigt mich das Gefühl, ich werde vielleicht nicht zurückkehren. Es ist eine milde, fast alberne Verwirrung, aber sie bringt mich dazu, die Zimmer aufzuräumen, bevor ich die Wohnung verlasse. Das Kleid in den Schrank! Die Kosmetik ins Bad! Die Hausschuhe ins Schlafzimmer! Die Wäsche in den Korb und die Zeitungen auf den Stapel! Der Tod meldet sich als plötzlich durchbrechendes Verlangen nach Ordnung und zwingt mir eine sonderliche Beflissenheit gegen die Dinge ab. Auch möchte ich nicht, daß Fremde (falls ich nicht mehr zurückkomme) hier eindringen und dümmliche Bemerkungen machen. Nach drei Minuten ist alles an seinem Platz. Eine weitere Minute stehe ich im Flur und betrachte die im Auftrag meines zukünftigen Todes hergestellte Aufgeräumtheit. Dann verfliegt die Drohung, und ich darf mich auf den Weg machen.

Von der Strasse aus sehe ich, der Garderobenständer in dem Lokal, an dem ein paar Tage lang meine Mütze hing, ist leer. Obwohl ich auf diesen Fall hatte vorbereitet sein wollen, streift mich nun doch ein Gefühl der Leere und der Enttäuschung. Ich vermisse nicht die Mütze, sondern das Wiedersehen mit meiner Spur. Gleichzeitig belustigt mich die Vorstellung, es könnte eine Frau geben, die mit meiner Mütze in der Stadt umhergeht. Nicht weit von mir stürzt ein Mädchen mit dem Fahrrad auf dem Gehweg. Es kümmert sich nicht um das Rad, sondern betrachtet die Schürfwunde an seinem Knie. Aus nächster Nähe sieht es dabei zu, wie sich eine winzige Blutrinne aus dem weißen Rund des Knies hervorschiebt. Da drehe ich mich zum ersten Mal um und schaue nach einer Fremden mit meiner Mütze.

HEUTE IST DER ERSTE SCHULTAG, und gleich befinde ich mich inmitten von Spannungen. Ausgerechnet mit Frau Aumann zusammen (das Kollegium hält uns dafür geeignet) soll ich unter den Schülern eine Theatergruppe aufbauen und bis zum nächsten Frühjahr ein Stück einstudieren. Frau Aumann hatte mich vor einem halben Jahr eingeladen, an ihrem Klassenausflug teilzunehmen, und ich hatte abgelehnt, indem ich wahrheitsgemäß eingestand, daß ich kein Vergnügen daran habe, meine Nächte in einem Vier-Bett-Zimmer des Landschulheims zuzubringen. Darüber war Frau Aumann pikiert. Denn sie ist nicht nur eine heftige Lehrerin, sondern eine ebenso deutliche Verfechterin der Idee der Vergesellschaftung durch das Instrument Schule. Was mehrere Menschen miteinander machen, ist für Frau Aumann pädagogisch wertvoller als das, was ein einzelner für sich allein tut. Daß jeder Mensch, der in eine Gemeinschaft eintritt (und sei es in die eines Vier-Bett-Zimmers), auch genötigt wird, deren Verwicklungen entweder zu ertragen oder mitzumachen, ist für Frau Aumann kein Problem. Seither bin ich für sie eine nicht ganz saubere Individualistin, der sie auch noch anzusehen meint, daß sie sich feige vorkommt. Ich müßte Frau Aumann klarmachen können, daß ich nicht das mindeste gegen andere Menschen habe; ich möchte nur nicht, daß einzelne, wie so oft, Ordnungsopfer der anderen werden müssen, sobald sie sich auf deren Konfliktregulierungen einlassen. Darüber müßte ich sattelfest denken und sprechen und mich notfalls verteidigen können, und zwar so, daß das Individuum am Ende nicht als Verlierer seines eigenen Denkens erscheint. Eben dazu reichen meine Kräfte nicht. Genaugenommen kann ich nur »richtig« denken, wenn ich allein bin, das heißt, wenn ich mich nicht vor anderen rechtfertigen muß. Sobald ich mich, wenn ich rede, auch verteidigen soll, werde ich auf der psychischen Ebene ein Opfer meiner dabei entstehenden Aufregung, die mich zum Abbruch der Rede zwingt. Wenn ich in Gruppen agiere, beschränke ich mich deswegen meistens darauf, das Unmögliche zu empfinden und manchmal Worte dafür zu finden. Ich wiederhole: manchmal. Frau Aumann hingegen hält mein Schweigen für das Schuldgefühl einer Enttarnten, eine einschüchternde Zuschreibung, in der das zurechtweisende Denken der »anderen«, der nicht gar so empfindungsreichen Mehrheit, bereits enthalten ist. Mal sehen, wie weit wir mit der Theatergruppe kommen; als unsere Namen fielen, haben wir uns nur angeschaut.

SCHON AM NACHMITTAG bin ich unterwegs und halte Ausschau nach einer Frau mit meiner Mütze. Es ist eine dunkelbraune Ballonmütze aus Samt; sie hat einen knappen Schirm und um das Band herum ein geflochtenes Riemchen. In den Seitenstraßen parken Lieferwagen, in denen Männer sitzen, die Wurstbrote auspacken und aus Milchtüten trinken. Während sie kauen und schlucken, schauen auch sie Passanten nach, und an ihren lachenden Gesichtern ist zu sehen, daß sie sich über viele von ihnen lustig machen. Erst am Ende ihrer Pause werden sie ernst und gehören selber wieder der Welt an, über die sie kurz zuvor gelacht haben. Mir fällt der stets ernste Kellner aus dem »Mammamia« ein. Er tritt an die Tische und sagt, ohne die Gäste anzuschauen, mit reglosem Gesicht: Prego. Dabei schaut er in die Ferne wie auf ein für immer verlassenes Meer. Zum ersten Mal kommt mir der Gedanke, daß der Kellner für das Bedienen von Menschen zu alt sein könnte und daß sein Problem deswegen nicht die Verachtung, sondern ein unermeßlicher Hochmut ist, der sich still und leise in Einsamkeit verwandelt hat. Ich habe Lust, für oder gegen meine neue Annahme an Ort und Stelle Anhaltspunkte zu sammeln, aber das »Mammamia« hat heute geschlossen. Ein Mann, dem an der linken Hand der Mittelfinger fehlt, fährt sich mehrmals mit der versehrten Hand durch das Haar; dabei ist nicht zu erkennen, daß der Mittelfinger fehlt. Ich überlege drei oder vier Sekunden lang, ob der Mann den Verlust seines Fingers eher vertuschen oder betonen will. Bis jetzt habe ich keine einzige Frau mit einer Ballonmütze gesehen. Auf einmal fällt mir auf, daß ich wieder, wie zur Zeit der ersten Küsse und der Schafe, drei Nebenbeschäftigungen verfolge. Erstens will ich herausfinden, was mich an einem betrügerischen Kellner fesselt, zweitens bin ich am Ausdruck von Helmuths neuer Schamlosigkeit fortlaufend interessiert, und drittens unterhalte ich eine gedachte Verbindung zu einer verschwundenen Mütze, über deren Schicksal ich im Augenblick nicht ein Wort sagen kann. Ich bin verblüfft und sprachlos und vergesse momentweise, warum ich mich hier herumtreibe. Daß ich nur die Neben- und nicht die Hauptbeschäftigung meines Lebens angeben kann, kommt mir im Augenblick wie ein von mir hervorgebrachtes Glück vor. Deswegen will ich jetzt, in dieser Stunde, auf überhaupt nichts achten; ich gehe dahin und halte mich an meinen drei Strohhälmchen.

»Ein Worterotiker, Wortabschmecker.«

Andreas Nentwich, DIE ZEIT

Was macht komische Bücher komisch und erfolglose Autoren erfolglos? Wilhelm Genazino – berühmt für seine Beobachtungsgabe und seinen Wortwitz – über Theodor W. Adornos Humor, über Fotografien, über das Lachen und andere Begebenheiten. Wie immer gelingt es ihm, aus scheinbar Alltäglichem, Banalem das Verblüffende, Unerhörte, nie Gesehene herauszulesen. »Er ist der Poet des genauen Blicks, ein Phänomenologe des Alltags, voller Empathie für seine Figuren und die schwindlig machenden Kuriosa der humanen Existenz.«
Joachim Güntner, Neue Zürcher Zeitung

192 Seiten. Gebunden

www.hanser.de
HANSER